KB086831

시간을 내서

행복해지기 ˘‿˘

- 긴사지 ꒰^꒱

시간이
있었으면
좋겠다

김신지 에세이

# 시간이
# 있었으면
# 좋겠다

삶의 여백을
사랑하는 일에 대해

창비

# 아직 쓰지 않은 용기

내 마음대로 쓸 수 있는 하루를 상상해 본다.

아침에 일어나서부터 잠들기까지, 아무도 밟지 않은 눈처럼 새하얗게 비어 있는 시간을. 무얼 하면 좋을까. 원하는 것들 중에 더 원하는 것을 고를 때 우리는 어김없이 설렌다. 하루를 자유롭게 채울 수 있다면 분명 오늘이 시작되는 것을, 내일이 오는 것을 기다렸을 텐데. 삶도 마찬가지라는 걸 언제부터 잊고 산 걸까?

'시간이 있었으면 좋겠다.'

마음에도 방이 있고 책상이 있어서 그 책상 앞에 한 시절의 메모를 붙여두고 산다면, 지난 몇 년간 내 마음의 벽에 붙어 있던 단 한 장의 메모는 이것이었다. 그 무렵 나에겐 정말 시간이 없었다. 하루가 24시간으로 이루어진 건 8시간 잠자고, 8시간 일하고, 8시간은 삶을 누리라는 뜻이라고 농담하던 나는 진작 사라진 지 오래였다.

내 시간을 팔아서 번 돈으로 다시 시간을 사길 반복했다. 돈을 벌어서 결국 내가 하고 싶은 일은 내가 원하는 시간을 보내는 일이었음에도 불구하고. 지금 당장 '중요하다'고 여겨지는 일을 하느라, 정작 내게 소중한 것들을 자꾸 뒤로 밀쳐두어야 했다. 바빠서 나빠지는 사람이 되지 않겠다고 다짐했지만 나는 그때 분명 나빠지고 있었다. 열심히 살수록 내 삶에는 소홀해지고 있었으므로.

어렸을 땐 방학이 시작될 때마다 툇마루에 엎드려 누운 채로 생활계획표를 짜곤 했었다. 모두에게 주어진 공평한 동그라미. 그 안을 어떻게 나누고 무엇으로 채울지는 전적으로 내게 달려있었다. 그건 내 하루고 내 방학이었으니까. 그렇다고 노는 일로만 채우지도 않았다. 어린 마음에도 어느 정도의 '균형'에 대해 생각했던 것 같다. 이만큼 놀고, 이만큼 공부, 틈틈이 심부름, 다시 이만큼 놀고, 이쯤엔 책 읽기, 이 만화영화는 내가 좋아하는 거니까 놓치지 말고, 잠자리에 드는 건 이때쯤. 별과 달을 그려 넣는 것으로 마무리되던, 나의 즐거움을 챙기는 것과 생활을 돌보는 적당한 의무를 잊지 않던 시간표. 이 하루가 내 것이라는 사실을 조금도 의심하지 않았던 시절.

그때처럼 시간의 주인이 나란 걸 잊지 않고 살려면 무엇을 해야 할까? 내 곁에 분명 있지만 사라져버린 듯 느껴지는 시간을 되찾아야 했다.


이 책에는 그렇게 '내 시간'을 되찾은 이후의 얘기를 담았다. 내 시간은 다름 아닌 스스로 워해서 선택한 것들로 채우는 시간이었다.

시간을 어떻게 쓸 것인가 하는 건, 어떻게 살 것인가 하는 물음과 다르지 않았다. 우선순위를 생각할 수밖에 없는 질문이니까. '이렇게 좀 더 살아보고 싶다' 하는 시간을 늘리려면 다른 것을 할 시간을 줄여야 한다. 선택은 동시에 포기다. 나로 살기 위해 '선택하고 싶은 것'과 아쉽지만 '포기할 수 있는 것'을 가려내는 것만으로 삶이 단출해진 기분이 들었다.

시간을 선택한 삶은 나를 천천히 바꾸어 놓았다. 오랫동안 '나의 문제'로 여긴 것들이 시간의 너른 바다에 녹아 사라져갔다. 회사 일 대신 글 쓰는 일에 마음을 쏟고, 중요한 것보다 소중한 것을 먼저 챙기게 되면서 비로소 이 하루가, 이 삶이 온전히 내 것이 되었다는 안도를 느낄 수 있었다. 바쁘다는 이유로 늘 '나중'으로 밀어두었던 가족에게, 사는 법을 알려주는 애틋한 타인들에게 말을 걸고 곁에 머물 수 있게 되었다.


안으로 깊어진 뒤에 밖으로 열리는 마음이 있었다.

삶의 여백에 앉아서만 볼 수 있는 풍경도 있었다.

이 책에 실린 글들은 그런 시간 없이는 결코 쓸 수 없었을 글이다.

시간을 갖는 것만으로 우리가 나아질 수 있다는 것은 분명 희망이다. 그러니 오늘 하루도 바삐 살다가 나를 놓쳐버린 기분이 드는, 내 삶인데 어째서 나 하나를 행복하게 해주기가 이리도 힘든가 상심하는 누군가가 있다면 여러 번 접은 쪽지처럼 이 말을 건네고 싶다.

우리에겐 아직 쓰지 않은 용기가 있다고.
다른 삶을 선택할 수 있는 자유 또한 있다고.
지금 힘든 시간을 보내고 있다 해도, 언제든 내가 나에게 더 나은 시간을 줄 수 있다고.

어쩌면 '해야 한다'고 여기는 일들에 쫓기느라, 내가 무엇을 할 수 있고 어떻게 살 수 있는 사람인지 너무 오래 잊고 지낸 건 아닐까.
이 세상에서 나밖에 할 수 없는 일이 있다면 그건 다른 무엇이 아니라 한 번뿐인 이 삶을 조금 더 기쁘게 사는 일일 것이다.

책장을 덮는 순간 새롭게 살아볼 용기가 생기는 글을 쓰고 싶었다. 아직 오지 않은 시간을 기대하며 다이어리 여백에 '조금 더 잘 살아보고 싶어진' 바로 그 마음에 대해 적어 내려갈 때, 우리는 얼마나 우리 자신이 되는지. 언제까지라도 그런 얘기를 나누기 위해 우리가 마주 앉으면 좋겠다.

자주 헤매지만 나를 결국 낙관 쪽으로 다가서게 하는 이 마음이 어디서 오는지 이제는 안다. '삶이라는 시간'을 쓸 수 있게 해주신, 이미 오래전에 내게 필요한 용기와 사랑을 내 안에 다 심어주신 두 분께 감사를 전한다.


한 해가 시작되는 첫 달에, 김신지

## 1부

## 쉬운 미움 대신
## 어려운 사랑을

**2부**

## 삶이 결국 우리가
## 쓴 시간이라면

1부

＊

쉬운 미움 대신
어려운 사랑을

쉬운 미움 대신 어려운 사랑을 배우고 싶다.

사랑이 가장 쉬운 일이 될 때까지.

"그런 게 사랑이지." 말하게 될 날까지.

# I에게 쓰는
# 편지

풋내 나는 스무 살 아이들끼리 모인 자리에서 너를 처음 보았을 때, 수수하고 촌스러운 아이가 구석에 앉아 있구나 생각했어. 너는 사람들 이야기를 가만히 듣고 있었는데, 귀를 기울이는 것 같기도 하고 아닌 것 같기도 했지. 그도 그럴 것이 주변을 항상 살피고 있었으니까. 누군가 떨어뜨린 젓가락을 줍거나 팔꿈치에 부딪쳐 엎질러진 물잔 주위를 닦거나. 주량을 모른 채 취해버린 아이들은 그런 줄도 모르고 혹은 알았더라도 아랑곳 않고 떠들고 있었는데. 테이블 위는 말끔해졌지만 네 무릎이 흥건히 젖은 것을 보고 답답한 아이구나 생각했던 기억이 나. 어쩌면 좀 화가 났던 것 같기도 해. 속없이 착해 보이는 사람을 보면 막연히 화가 나던 꼬인 애가 나였으니까. 그런 화는 무엇이라고 불러야 할지 모르겠지만.

너와 나의 고향이 같은 강 하나를 끼고 있는 이웃 고장이라는 걸 알고서, 너는 내게 성큼 다가왔지. 아는 사람을 찾아낸 것 같은 반가운 얼굴로. 같은 수업을 시간표에 넣기도 했고, 무슨 동아리에 들 거냐고 묻기도 했고, 공강 시간이면 단과대 계단에서 자주 나를 기다리곤 했어. 복도 끝에서부터 나를 발견하면 활짝 웃던 네 덕분에 우리는 서서히 친해질 수 있었는지도 몰라. 친구를 사귀는 게 여전히 어렵고 마음을 연다는 게 뭘 말하는

지 알 수 없었던 나에게 너는 조금 신기한 사람이었어. 나를 언제 봤다고, 언제부터 알았다고, 얘는 나를 이렇게까지 믿을까?

언젠가 전공 수업 시간이었을 거야. 신문의 역사를 설명하는 노교수를 지루한 심정으로 바라보고 있는데 옆자리에 있던 네가 내 노트 귀퉁이에 이렇게 적은 적 있어. 사실 블로그에 쓰는 일기들을 보고 있다고. 네가 쓴 글이 좋다고. 기다리게 되는 일기를 계속 써달라고. 내가 그때 기뻤다고 말했나. 누가 내 글을 기다린다고 말해준 건 처음이었고, 처음이 생기면 어쩔 줄 몰라 하던 때였으니까 아마 고맙단 말도 못했을 거야. '나는 글을 쓰는 사람이 될 거야.' 그 말이 그땐 왜 그렇게 어려웠을까. 내가 가질 수 없는 문장 같아 그랬을까? 누구한테도 보이면 안 되는 마음처럼, 하지만 늘 누구에게든 들키고 싶은 심정으로 나는 글쓰기를 좋아했어. 너는 그걸 어떻게 알았을까. 그 후로 넌 꺼내는 순간 서로를 어색하게 만드는 진심에 잼처럼 농담을 조금 바르면서 말하곤 했어. 잊지 말라고, 내가 너의 1호 팬이라고. 친구 사이에 팬이라는 말은 아무리 생각해도 민망했지만, 내가 쓰는 사람이 된다면 쓰는 나를 가장 응원해 줄 사람이 너라는 걸 나는 의심하지 않고 믿을 수 있었어.

너는 공부를 계속하고 싶다고 했지. 부모의 농사일을 도우며 자란 우리에겐 결핍이 많았어. 도시에서 이루고 싶은 것도, 가지고 싶은 것도. 어려서 마음껏 읽지 못한 책을 평생에 걸쳐 읽고 싶다던 너는 대학원에 가서 공부를 더 할 거라고 했지. 무얼 공부하고 싶으냐고 물으면 그건 앞으로 천천히 찾아보고 싶다고 했어. 공부는 해도 해도 끝이 없을 테니 무엇이라도 더 배울 수 있을 거라고. 아주 많이 배우고, 아주 많은 것을 아는 사람이 되고 싶다고. 학교 같은 건 지긋지긋했던 나에게 너의 그런 욕망은 좀 신기했던 것 같아. 동시에 배움에 순전하게 마음을 쏟는 삶이 너에게 무척 어울린다고 생각했어. 그런 얘기는 얼마든지 떠들어도 좋았지. 미래에 대한 얘기만으로도 지새울 수 있는 밤이 아주 많았던 나이였으니까.

기억나? 너희 집에는 낡은 전기밥솥이 하나 있었는데, 거긴 언제나 밥이 들어있었잖아. 자취하면서 끼니를 그렇게 챙겨 먹는 스무 살이란 있을 수가 없는데, 넌 그 드문 아이였으니까. 냉장고에는 언제나 한 끼를 먹을 수 있을 정도의 소박한 밑반찬들이 채워져 있었고. 볼 때마다 적당한 보온 상태로 밥이 들어있는 게 신기해서, 이 밥솥은 무슨 화수분 같은 것이냐고, 어째서 늘 밥이 있는 거냐고 물었을 때 네가 했던 말이 아직도 기억나.

"누가 올지도 모르잖아."


오늘처럼 네가 올 수도 있고, H나 J가 올 수도 있고. 그 아이들이 데려온 새로운 친구가 올 수도 있고. 집주인 할머니가 월세를 받으러 왔다가 잠시 앉았다 갈 수도 있고. 나는 그런 생각으로 밥을 짓는 사람이 있다는 사실에 좀 충격을 받았던 거 같아. 그 전까지 한 번도 해본 적 없는 생각이었으니까. 그냥 나 먹을 만큼만 밥을 하게 된 것도 그로부터 한참이 지난 뒤의 일이었고, 그땐 학식이나 컵라면, 김밥 같은 것들로 끼니를 대충 때우곤 했으니까. 내 입에 들어가는 것도 제때 챙기기 힘든데 누가 뭘 먹고 다니는지 아닌지, 빈속으로 집에 찾아올 누가 있을지 없을지 그런 건 생각지도 않던 나이였어. 지금 돌아보면 그건 나이의 문제는 아니었던 것 같아. 마음의 문제지. 세상의 많은 일들이 그렇듯이.

그런 너를 내 눈에는 이용하는 것으로밖에 보이지 않던 애들도 많았어. 너는 그걸 알고서도 받아주는 것인지, 정말 모르고서 내어주는 것인지 네가 가진 무엇이든 아끼지 않았지. 필기 노트를 빌려주고, 생필품을 나눠주고, 아무 때나 저 필요할 때만 불러대는 애들에게 네 시간을 다 내어주고. 내가 볼멘소리로 넌 한겨울에 길 가는 모르는 사람에게도 외투를 벗어줄 기세라고 하면 너는 말없이 웃었지. 나도 더 말하진 않았어. 네가 한 번뿐인 시간과 마음을 가장 많이 내어주고 있는 게 실은 나라는 걸 알고 있었으니까.

내어줄 것이 남아있는 이상 무엇이라도 더 내어줄 준비가 되어있는 사람. 다들 어떻게든 자기 것을 챙기려고 속으로 셈만 하는 세상에서, 너는 어쩌려고 이렇게 사람을 믿는 걸까. 세상을 원망하는 대신 사랑할 수 있는 걸까. 그런 너를 얼마간 답답해했던 것도 사실이야. 어쩌면 미워했던 날도 있었을 거야. 네 옆에 있으면 남들처럼 셈을 하고 있는 내가 못나게 여겨지곤 했으니까. 그런데도 난 네 옆에 있었지. 네 옆에 있는 게 좋았으니까.

나는 늘 너에게 의지했어. 너는 지혜롭고 강건하고 다정한 사람. 어둠 속에서 제일 먼저 빛을 찾아내는 사람. 네 옆에 있으면 아주 나쁜 일은 일어나지 않을 것 같았어. 너와 얘기하고 나면 아무것도 해결된 것은 없었지만 어쩐지 다시 세상 속으로 걸어갈 기운이 나곤 했던 것도 기억해. 너를 믿는 만큼 나는, 세상을 믿어볼 수도 있었어. 한 번도 그런 말을 직접 전한 적은 없었지만.

요즘도 가끔 늦은 밤, 슬리퍼만 꿰어 신고서 캔 맥주를 사러 나갈 때면 그때 생각을 해. 우리 맥주 사올까? 하면서 같이 새벽의 편의점에 가던 숱한 밤들. 너는 내가 맥주를 사러 가자고 하면 좋아했잖아. 그런 날은 늦게 가거나 아예 자고 간다는 걸 알았으니까. 그 마음을 다 알면서도 모르는 척 받은 게 더 많은 거 같아.

너는 지금 어디에서 어떻게 살까. 동기들 중에 가장 가방 끈 긴 사람이 되는 것 아니냐는 농담은 현실이 되었을까. 대학원에 가서 마침내 하고 싶던 공부도 찾고 그 공부를 내처 하다가 어쩌면 강단에 서거나 무언가를 연구하는 사람이 되었을까? 궁금하지만 실은 그런 건 궁금하지 않아. 내가 궁금한 건 하나뿐이야.

네가 지금 행복한지 아닌지. 충분히 너로 사는지 여전히 주변을 환히 밝히는지. 하지만 무엇보다 빛나는 건 너인지. 내 삶에 남은 행운을 나눠줄 수 있다면 I, 나는 부디 네가 행복했으면 좋겠어.

+

이것은 살면서 내가 가장 자주 고치는 편지.

부칠 일은 없지만, 계속해서 쓰는 편지.

영원히 미완성인 편지다.

　살면서 가장 많이 한 상상이 있다면 엄마와 친구가 되는 상상일 것이다. 엄마가 나와 같은 해에 태어나, 나와 같은 해에 대학에 진학하고, 1학년 첫 오리엔테이션에서 우연히 옆자리에 앉아 친해진 사이였으면 어땠을까. 우린 분명 좋은 친구가 되었겠지. 사려 깊고 정 많은 인숙에게 나는 많이 의지했을 테니까. 힘든 일이 있으면 서로에게 하소연하고 연애 고민도 털어놓고. 동이 터올 때까지 떠드는 날들도 많았겠지.

　못된 말을 뱉어놓고 후회할 때, 기어이 엄마 입에서 "너덜은 너덜만 똑똑한 줄 알지" 하는 소릴 나오게 했을 때. 내가 내 시대에 태어나 당연하게 누릴 수 있었던 것들을 생각 않고, 엄마가 엄마 시대에 태어나 자연스레 몸에 배게 된 것들을 생각 않고, 그저 현재의 내 입장에서 엄마를 재단하려는 말들을 쏟아낼 때. 그 말들은 매번 뾰족하게 엄마를 찔렀을 테고, 뱉은 말을 주워 담을 수 없을 때마다 집에 돌아와 이 편지를 고쳐 썼다. 같은 학식을 먹고 같은 수업을 듣고 도서관에서 서로의 자리를 맡아 주었을 나의 친구 인숙에게. 여기의 인숙에게 하지 못한 사과를 거기의 인숙에게 하듯이.

집에 누가 올지도 몰라 늘 밥을 넉넉하게 짓는 사람. 뉴스를 보다 자주 우는 사람. 공장 기숙사에서 홀로 천자문을 익힌 사람. 이모의 말에 따르면 학자로 살았어야 할 사람, 가난한 집의 여덟 남매 중 배움에 대한 열망이 가장 컸지만 자기 차례가 영영 오지 않았던 사람. 그런 생각을 할 때마다 나는 새로운 인숙을 발명한다. 여기 없는 삶을 상상해 낸다. 이것이 마땅히 당신의 삶일 수도 있었다고 말하는 것, 생일 선물처럼 손에서 손으로 건넬 수 있다면 새로운 삶을 주고 싶다고 생각하는 것. 그건 지금의 삶을 부정해서가 아니라 너무 사랑한 나머지 또 다른 삶을 창조해 내는 일이라고. 어떻게 설명할 도리가 없어서 오늘도 편지를 고쳐 쓴다.

계속 고쳐 쓰는 건 잊지 않으려는 다짐이다. 다른 삶이 가능했을 인숙을, 가족이 아니라 자신만을 위해서 살 수 있었을 인숙을. 이 편지가 거기의 인숙을 계속해서 살게 하는 이야기가 되기를 바라면서. 동시에 그것은 인숙이 살게 되었고 살고 있고 살아가게 될 여기의 삶을 존중하는 이야기이기도 하다. 그걸 깨달은 후로 나는 슬픔 없이 이 편지를 쓸 수 있게 되었다.

그러니 좁힐 수 없는 시차를 두고 태어난 어떤 이를 사랑할 때, 행복한 순간 미안해지는 사람이 있을 때, 당신에게도 고쳐 쓸 편지 한 통이 있기를. 여기에서 만난 적 없는 서로의 젊음을 거기에선 나란히 겹쳐보기를. 편지를 거듭 고칠수록 두 개의 삶이 다 애틋해지기를. 아마도 그 사람과 당신은 좋은 친구가 되었을 것이다. 인숙과 내가 그러하듯이.

# 그런 게
# 사람이죠

어떤 밤에는 과거가 현재보다 가깝게 느껴진다. 그래서 자꾸 과거의 어느 장면으로 돌아가 그게 방금 일어난 일이기라도 한 것처럼 말하게 되는 것이다. 함께 사는 '강'이 반복해서 해준 얘기 중엔 이런 것이 있다. 스무 살 무렵이었을 거다. 강을 포함한 동네 친구 다섯은 고만고만한 형편이라 늘 돈이 없었다. 그 시절 그 나이 때 돈은 없지만 술은 마시고 싶은 애들에게 선택지는 그리 많지 않았다. 그들이 자주 찾던 곳은 동네의 허름한 술집이었다. 그곳에서 강과 친구들은 부대찌개 하나로 새벽까지 소주를 마시곤 했다. "소주 다섯 잔에 찌개 한 입씩 먹은 거야?" 차라리 그랬으면 좋았을 텐데 아니었다. 안주 하나로 몇 시간을 버틴 비결은 미리 슈퍼에서 사간 라면 사리를 찌개에 넣는 것이었다. 두 번째 사리를 넣을 때쯤엔 "사장님, 여기 육수 좀 더 부어주세요!" 말하는 것도 잊지 않고.

　너무 구차해서 듣는 내 얼굴이 다 붉어지는 얘기였는데, 서른 즈음의 어느 날 그 얘길 하다가 우린 깨닫는다. 사장님은 어쩌면 다 알고서도 육수를 더 부어주지 않았을까. 그 나이 땐 무언가를 숨기는 데 대체로 실패하기 마련이므로. 주방을 향해 몰래 보던 눈치나 육수를 더 달라고 할 때 뻔뻔한 척하며 미세하게 떨렸을 목소리 같은 것들. 지금 생각해 보면 이마에 거의 이렇게 쓰여있었을 것 같다. '저희 돈은 없는데 술은 마시고 싶어요.' '실은 라면 사리 두 개가 주머니에 있어요.' 하루걸러 하루씩 찾아와 소주를 마셔대는, 돈도 없고 양심도 없고 시간만 많은 애들에게 사장님은 그냥 술값만 받겠다는 심정으로 육수를 부어주었을 것이다. 들키는 줄도 모르고 저런 거짓말을 하는 게 이맘때의 애들이라고 생각하면서. 어쩌면 자신의 스무 살을 겹쳐보기도 하면서.

재작년, 소설 《복자에게》를 읽다가 정릉 술집의 그 사장님이 제주도에 가 있는 게 아닌가 싶어진 장면을 목도한 적 있다.

> 사장은 바구니에 담긴 귤을 가리키며 공짜니까 가져가라고 했다. 귤들은 푸릇했고 점무늬가 있기도 했지만 싱싱해 보였다. '비닐봉지 제공 불가. 손에 쥘 수 있는 만큼만 욕심내기'라고 안내문이 쓰여 있었다. 나는 누가 비닐봉지까지 달라고 하냐고 사장에게 물었다. 아주 양심이 불량하네, 하고. 맞장구를 칠 줄 알았는데 사장은 주방 쪽을 향해 "패마농 주문허카 말카?" 하더니 "네네" 하고 선선히 고개를 끄덕였다.
> "그런 사람들이 있고 그런 게 사람이죠."
>
> – 김금희, 《복자에게》 중에서

소설 밖에서 맞장구를 치려던 나는 머쓱해졌다. 소설을 다 읽고 나서도 그리 중요하지 않았던 이 장면이 오래 기억에 남았던 건, 아마 그 무렵 내가 사람에게 자주 실망해서였을 것이다. 누군가를 미워하는 건 쉬운 일이고, 쉬운 일이어서 나는 자주 미워했다. 전철역에서 앞서 걸으며 반 이상 남은 아이스 음료를 통째로 쓰레기통에 버리는 사람을 미워했고, '보리를 밟지 마세요'라는 표지판이 버젓이 세워진 청보리밭에서 기념사진을 찍는다고 보리를 밟고 서있는 사람들을 미워했으며, 비행기 바퀴가 멈추자마자 자리에서 일어나 캐리어를 꺼내다가 내 어깨를 치는 사람을 미워했고, 산책로를 걷다가 회양목 울타리 사이에 꼬깃꼬깃 과자 봉지를 쑤셔 넣어둔 사람을 미워했다.

선을 긋듯이 그 사람을 저쪽에 세워 두고, 이쪽에서 믿을 만한 '내 편'들과 함께 말하는 것이다. 아, 저런 거 정말 너무 별로지. 양심도 없나 봐. 왜 저러나 몰라. 난 저렇게 되지 말아야지. 미워할 이유가 너무 충분해서 그런 순간엔 미워하지 않아야 할 이유를 모르겠다고 생각했다. 저 말을 듣기 전까지는. 그 후로 누군가 미워지려고 할 때마다 속으로 마법의 문장, "그런 게 사람이죠"를 중얼거려 보았다. 버스가 정류장에 들어오기 전부터 일제히 뛰기 시작하는 사람들. 그런 게 사람이죠. 오늘 얼마나 피곤했으면 앉아 가고 싶을까. 라면 사리도, 공짜 귤도, 얼마나 먹고 싶었으면. 불쑥 욕심이 났으면. 그런데 그런 게 사람이죠.

스물여섯쯤이었나, 자취방에 도둑이 든 적 있다. 아직도 생생하게 기억난다. 당시 애인이었던 강과 밖에서 이른 저녁을 먹고 4층 다세대 주택의 계단을 다 올라오니 현관문이 휘어진 채로 뜯겨 있었다(강은 그것이 '빠루'라 불리는 쇠 지렛대로 뜯은 것이라 했고, 나는 그때 그런 것의 존재도, 이름도 처음 알았다). 먼저 들어간 강이 아무도 없는 것을 확인한 뒤에야 놀란 가슴을 진정시키며 둘이서 천천히 집을 살펴보았다.

방바닥에는 어지러이 발자국이 찍혀있었다. 다시 보니 그 발자국은 조금 당황한 채로 서성이는 것 같았다. 뭐가 이렇게 없지? 그도 그럴 것이 그 방은 중고로만 채운 방이었다. 중고들이 사는 방이라 해도 무방했을 것이다. 강과 나는 그 자리에 앉아서 이 집에서 뭐가 제일 값어치가 나갈 것인가에 대해 진지하게 셈을 해보았다. 없었다. 빠루로 현관문을 뜯고 들어온 사람이 '오늘 운이 좋네!' 하며 가지고 나갈 만한 게.

내가 사는 4층엔 두 집만 있었고, 바로 옆집이 주인집이었다. 주인아주머니는 내 전화를 받고 바깥에서 오셨으니까 그 집 역시 비어있던 날이었다. 도둑맞은 건 아무것도 없었고, 주인아주머니는 혀를 차며 열쇠를 도어 록으로 바꿔주겠다고 했다.

그때가 세밑인가 그랬다. 설 기차표 매진 소식이 한창 뉴스에서 흘러나오던 저녁이었으니까. 추운 겨울 오래된 골목에서 한 건물을 고르고, 낡은 다세대주택 4층까지 올라와, 오른쪽 왼쪽 현관문을 고민하다 마침내 오른쪽 문을 뜯고 만, 운도 없는 도둑을 생각한다. 이게 만약 게임이었다면 오른쪽, 그러니까 내 자취방 문을 뜯는 순간 꽝이 나오며 게임이 종료됐겠지. 그런 상상을 하면 이 동네,

이 골목길에 와서 겨우 내 방을 골라낸 그가 돌이킬 수 없을 만큼 나쁜 사람은 아닐 수도 있단 생각이 들었다. 그냥 운이 나쁜 사람이겠지. 사는 내내 어쩐지 꽝만 뽑아버리는 바람에, 이러려던 게 아닌데 이렇게 되어버린. 그런 얼굴들을 나는 많이 알았다.

그 도둑, 아니 그 사람은 지금 어디에서 어떻게 살까. 그라고 잘한 것은 하나도 없지만 그 후로 긴 세월이 흐르는 동안, 아주 나쁜 운이 그를 다녀가진 않았기를 바란다. 정릉 술집의 그 사장님은 어떻게 살까. 인심 좋은 것으로 입소문이 나 어딘가에서 단골손님이 끊이지 않는 식당을 하고 계신 거면 좋겠다. 캐리어로 내 어깨를 친 사람도, 과자 봉지를 울타리에 구겨 넣은 사람도, 실은 그냥 무탈하게 살았으면 좋겠다.

그렇게 마음먹으면 누군가를 반사적으로 미워할 때보다 속이 편해진다. 옆 사람과 팔 닿는 것도 싫어서 내가 앉은 자리 옆엔 늘 가방을 두고 살았는데, 가방을 치우고 자세를 고쳐 앉는 사이 자리가 조금 더 넓어진 기분. 세

명까지도 앉겠는데? 그렇게 생각하며 자리를 비워두는 기분. 이상한 일이다.

식당 카운터에서 내가 좋아하는 친구가 공짜 귤을 오른쪽 주머니에 세 개, 왼쪽 주머니에 세 개 욱여넣어도 실망하느라 잠자코 입을 다무는 대신 으이그 하면서 어깨를 치는 사람이고 싶다. 그럼에도 불구하고가 아니라 네가 그냥 그런 사람이어서, 평범한 사람이어서 좋다고, 친밀하다고. 네가 나 같다고. 때론 미워 보일 정도로 욕심내 뭔가를 챙기다가도, 문득 마음이 허물어질 때면 남에게 속없이 다 퍼주기도 하면서 그냥 그렇게 살자고. 너 역시 그런 나를 빤히 바라보다 어깨를 쳐주면 좋겠다고. 내가 가진 단점, 나약함, 자주 하는 거짓말들, 사과하지 못한 실수들, 떳떳하지 못했던 많은 순간, 나만 아는 비겁함, 자신은 보지 못하고 바깥으로만 손가락질하는 이 마음을 네가 이해해 주면 좋겠다고.

거울을 보듯 중얼거리면서.

"그런 게 사람이지."

쉬운 미움 대신 어려운 사랑을 배우고 싶다.

사랑이 가장 쉬운 일이 될 때까지.

"그런 게 사랑이지." 말하게 될 날까지.

# 쓰게 하는
## 장면들

———

내 이름으로 된 책을 펴내는 사람이 된 것은 우리 집안의 작은 화제였다. 집안 최초 '작가'의 탄생이었으니까. 둘째 이모는 출간 소식을 듣자마자 대전에 있는 서점으로 달려가 책을 산 다음 이모들이 모인 단체 채팅 방에 인증 사진을 남겼다. 이모가 산 것은 동명이인 김신지 시인이 쓴 《따뜻한 고독》이라는 시집이었다.

다른 이모들의 타박이 쏟아졌다. 책 이름은 들어도 잊었고, "김신지가 쓴 책 주세요"라고 하셨던 탓이겠지. "글쎄 이모가 이걸 샀다네"라는 엄마의 한숨 섞인 메시지를 받고 웃었던 오후가 생각난다. 책 때문에 일어난 작은 소동이 귀엽기도 했고.

그런가 하면 셋째 이모의 바닷가 집에 모였던 어느 여름밤, 막내 이모는 적당히 취해가는 어른들 틈에서 내 손을 잡고서 말한 적 있다. 네 엄마는 원래 학자로 살았어야 할 사람인데, 네가 책을 써서 언니 한을 풀어준 게 너무 고맙다고. 그 말을 하던 이모의 눈가가 붉어졌던 것을 기억한다. 책을 내는 것과 학자로 사는 것은 다르지만, 누군가에게 고맙다는 인사를 들으려고 글을 쓰는 것도 아니지만, 여덟 남매 중 큰 도시로 나가 공부를 더 하는 사람은 네 엄마였어야 했다는 말에 그 밤 취한 채로 엉엉 울어버렸던 것도.

안부를 묻고 나면 서로에 대해 더 아는 게 없어 어색해지던 친척들 사이에서 나의 책 출간은 새로운 대화거리를 던져주었다. '평일도 인생'이라든가 '기록하겠습니다'라든가… 책 제목을 제대로 기억하지 못하는 사람이 대부분이라는 건 유감이지만. 가끔 어른들로부터 "작가님 힘내세요"라는 반 응원, 반 농담이 적힌 하얀 봉투도 받는다. 용돈 받을 나이는 지났지만 정 그러시다면, 하면서 넙죽 받는다. 실랑이를 하는 게 더 쑥스럽기도 하고, 그런 응원에 여러 가지 마음이 담긴 걸 알아서다.

몇 해 전 겨울의 일이다. 고향 집에 갔다가 저녁 무렵 서울로 출발하려는데 아빠가 그새 사라지고 없었다. 엄마에게 물으니 초등학교 동창들 모임이 있어 옆 마을에 갔다는 것이다. 먼 길 나서기 전 기름을 채우려고 들른 주유소에서 잠시 고민했다. 여기서 오른쪽으로 꺾어 5분만 가면 아빠가 있는 마을, 직진하면 그냥 서울로 가는 길이었다. 갈까 말까 고민하다가 이럴 때 안 가는 쪽을 택하면 늘 마음에 걸렸던 것 같아서 잠깐 들러 인사만 하기로 했다. 차를 타고 가면서 아빠에게 전화를 걸었다. 아빠, 인사하고 가려고. 어딘지 찍어줘. 약주를 몇 잔 마신 듯한 목소리의 아빠가 대번에 반색을 했다. 올라고? 여어가- 마을 입구서 꺾어서 쭉 길 따라오민 교회가 하나 보이는데, 그 근천데…. 시골 사람 특유의 들으나 마나 한 설명을 하기에 알아서 찾아가겠다고 하고 전화를 끊었다. 지나치게 반가워서 머쓱한 감도 있었다. 아마 전화를 끊고 아빠는 이렇게 말했을 것이다. "하따, 오지 말라니까! 야들이 또 인사하고 간다고. 얼굴만 잠깐 비친다네."

시골 마을은 작아서 '여서' 꺾어서, '쩌기' 교회가 보이는 길로 올라가는 게 어딘지 두리번거릴 필요도 없었다. 빈 들판에 화살표처럼 선명히 나 있는 농로만 따라가면 됐다. 번지수를 알려주지 않아서 교회 옆집인가 뒷집인가 가늠하며 차의 속도를 늦출 무렵, 한 무리의 중년 남자들이 어느 집 울타리를 뚫고 나타나 밭두렁으로 콩알처럼 와르르 쏟아져 내렸다. 맨 뒤에 선 아저씨가 미끄러지며 엉덩방아를 찧고선 아무 일 없었다는 듯 바지를 훌훌 터는 것도 보였다. 저긴가 보다. 생각보다 인원이 많았고, 다들 얼굴이 저녁놀처럼 물든 게 좀 불길했지만 일단 차에서 내렸다. 여긴 차를 돌려 나가는 것 외에는 방법이 없는 외길이었다.


"안녕하세요."
"신지 왔나–."

"하이고, 숙호 딸이구나!"

"서울서 온 작가님이네!"

"이쪽이 사위?"

"김 자까니임, 내가 책도 사 읽었는데 이래 얼굴을 보네!"

오디오가 사정없이 겹치는 와글와글한 인사에 무엇부터 답해야 할지 몰라 당황하려는 찰나, 소란스러운 장내를 정리하듯이 제일 오랜 안면이 있는 아저씨가 입을 떼셨다.

"야아, 신지야. 오랜마이다. 가마있어 봐. 내가 소개를 해주께. 여서 우리가 이래 술 마시고 있어도, 다 한 자리씩 했던 친구들이라! 봐봐라, 야는, 시청에서 오래 일하다가 작년에 퇴직해꼬. 또 야는, 초등학교 교장이고. 알제? ○○ 초등학교. 또 야는…."

해 지는 겨울 들판에서 갑작스러운 '내친소(내 친구를 소개합니다)' 타임이 펼쳐졌다. 아빠는 뒷짐을 지고 서서

흐뭇한 얼굴이다. 자신이 호명(?)되는 차례가 오면 아저씨들은 한 발자국씩 앞으로 나와 인자한 미소를 지으며 살짝 목례를 했다. 송구해서 절로 뒷걸음을 치게 됐지만 더 뒤로 갔다가는 논두렁으로 구를 판이고……. 어색함에 영겁처럼 느껴지던 소개가 끝날 때쯤 아저씨가 덧붙였다.

"숙호 딸이 책을 냈다고 다들 얼매나 반가워했는지 아나. 야는 그키 감명 깊게 읽었단다!"

여기 모인 이들이 '그냥 취한 시골 아저씨들'이 아니라, 학식과 교양을 갖춘 이들이라는 것을 (네가 모를까 봐) 강조하는 소개였고, 그 마음을 알아서 "와아" "진짜요?" 하는 리액션도 잊지 않았다. 나는 지금 고향 집에 와서 된장찌개 얻어먹고 돌아가는 숙호 딸이지 서울에서 먼 길 온 작가님이 아닌데, 귀한 손님 대하듯 바라보는 눈길에 뒤통수가 간질간질해졌다. 감사하다고, 다음 책은 꼭 따로 보내드리겠다고, 그런 인사를 하며 자리를 마무리 지으려는데 (구)시청 직원 아저씨가 또다시 한 발 앞으로 나왔다. 불안하게 흔들리는 내 눈빛을 아는지 모르는지 아저씨가 점퍼 안주머니에서 천천히 꺼낸 것은…… 흰 봉투였다. 십시일반 모았는데 얼마 안 된다고, 맛있는 것 사 먹고 기운 내서 글 쓰라고.

"아, 어쩐지 여기로 오고 싶더라니!"

쑥스러움을 덮으려 괜히 너스레를 떨었다. 술 몇 잔에 불콰해진 얼굴들이 와하하 소리 내어 웃었다. 다시 차에 올라서도 진짜 가라, 진짜 갈게요, 진짜 가, 진짜 가요, 하면서 '진짜' 헤어지기까지 한참이나 걸렸다. 혼이 쏙 빠지는 만남이었다. 차가 마을을 벗어날 무렵 강과 나는 동시에 웃음을 터뜨렸다. 방금 무슨 일이 일어난 거지. 어른들이 했던 구수한 말들을 복기하며 수다를 떨다가 차가 고속도로에 들어섰을 때쯤, 문득 생각나 대시보드 위에 올려둔 봉투를 열어보았다. 말이 없어진 나를 강이 돌아보았다.

"왜?"


조금 구겨져 있던 하얀 봉투 속엔 만 원짜리, 오천 원 짜리, 오만 원짜리가 섞인 채로 20만 원이 채워져 있었다. 간다고 전화하고선 5분 만에 도착했으니 문갑에서 급하게 봉투를 찾고 주섬주섬 주머니를 뒤져가며 꺼냈을 돈일 것이다. 야아, 니는 우째 오천 원짜리밖에 없나! 타박하면서, 돈이 깨끗하지 않다고 아쉬워하면서. '십시일반'이라는 말의 뜻이 처음으로 만져지는 기분이었다. 밥 열 술을 모아 한 그릇을 만든다. 그날 그 자리에 모인 아빠의 친구들은 한 사람을 축하하기 위해, 또 응원하기 위해 조금씩 주머니에서 꺼낸 마음을 합쳤을 것이다.


나는 등단을 하지도 않았고, 마을 입구에 문학상 현수 막이 걸릴 일도 없는 사람이다. 책을 펴낸 그 순간엔 '작가'라는 말이 어색하지 않지만, 대부분의 시간에는 그냥 산책하고 맥주 마시고 일기 쓰는 사람으로 산다. 대학에서 문학을 전공하지 않았으니 학문으로서 글쓰기를 배워

본 적도 없다. 가끔씩 시를 쓰고 소설을 쓰고 번역을 하는 작가님들이 모인 자리에 가면 입을 다문다. 그들이 가진 교양과 안목과 세련이 내겐 없어서, 흉내를 내본대도 금세 티가 날 것 같아서. 어쩐지 여기 오고 싶더라니! 그런 너스레를 떨지도 못한 채 조금쯤 주눅이 든 채 앉아있다.

하지만 만에 하나 누군가 내게 글쓰기를 어디서 배웠느냐고, 당신에게도 '문학적 토양' 같은 게 있느냐고 묻는 날이 온다면, 밭두렁에서 콩알처럼 와르르 쏟아져 내려오던 그 얼굴들을 떠올릴 것 같다. 학자가 되었어야 했던 한 사람의 얼굴과, 잘못 산 책을 든 채로 축하 인사를 준비한 사람의 얼굴도. 손때 묻은 봉투 속 십시일반으로 모은 꼬깃꼬깃한 지폐들도.

문학이 뭔지는 정확히 몰라도, 쓰고 싶어지게 만드는 장면들을 안다고. 그 앞에서 나는 항상 마땅한 말을 찾지 못한 채 허둥거리다가 돌아서서 웃거나 울지만. 제때 하지 못한 말들이 모여서 나를 책상 앞으로 이끈다고. 여태까지 내게 흰 봉투를 건넸던 다정하고 결함 많고 고유하게 평범한 이들에게 언젠가 설명할 수 있다면 좋겠다.

'우리 같은 사람들'과는 상관없다고 여겨지는 바로 그 곳에 제자리처럼 깃드는 것. 그게 내가 아는 문학이라고.

# 아무런 셈도 없이
# 돕는 사람

———

엄마를 슬프게 하는 건 주름이다. 다른 또래들에겐 희미한 것 같은데 자신에게만 유독 깊고 뚜렷하게 있는 주름. 수확한 오이나 버섯을 팔러 시장에 나가거나 장마 뒤의 수풀처럼 자라난 머리를 자르러 미용실에 갈 때면 사람들은 엄마에게 인사를 건넸다. "아휴, 고생을 많이 해서 이 주름들 좀 봐."

신경 쓰지 않으려 해도 그런 말은 집에 오는 내내 장바구니 속에서 종아리를 툭툭 찌르는 뾰족한 무언가처럼 남기에, 엄마는 때때로 내게 전화해 하소연을 하곤 했다. 그럼 나는 할 말이 없어 입을 다문다. 어떤 말도 적당치 않아서다. "주름의 적은 자외선이야. 선크림을 매일 발라야지." 하루 종일 논밭에서 일하며 비지땀을 흘려댈 사람에게, 선크림은 피부에 뭔가를 한 겹 덧씌운 것 같아 영답답하고 불편하다는 사람에게 이제 와 그런 걸 권하는 건 맞지 않는 얘기다. "남들 말 신경 써서 뭐 해! 그 사람들이 엄마가 어떻게 살았는지 뭘 안다고, 괜찮아." 신경이 쓰여서 하소연하는 사람에게 신경 쓰지 말라는 말만큼이나 아무 도움도 안 되는 말이 있을까. 신경은 안 쓰려 할수록 더 쓰이는 거고, 본인이 지금 안 괜찮다는데 듣는 나 혼자 뭐가 괜찮다는 건지. 평생 동안 일궈온 이랑과 고랑처럼 깊게 팬 엄마의 주름을 이제 와 돌이킬 수 없는 것처럼 지나간 세월도 돌이킬 수 없고, 누군가 내뱉은 말도 돌이킬 수 없고, 돌이킬 수 없는 것 앞에서 나는 자주 무력해져서 입을 다문다.

지난번 집에 갔을 땐 여름이 막 시작될 무렵이었다. 아침에 일어나 할머니들 간식을 좀 내어드리고 청소기를 돌리고 마당으로 나갔는데, 집 앞 고추밭에서 엄마가 누군가와 함께 일을 하고 있었다. 이제 막 이파리가 무성해지려는 고추들 옆으로 방해꾼처럼 자란 잡초를 뽑고, 고춧대가 넘어지지 않도록 흙을 다시 한번 덮어주는 작업이었다. 꽃무늬 작업 모자를 쓴 채 고랑에 한껏 웅크려 앉은 이는 몸집이 너무 작아서 뙤약볕에 피어오르는 아지랑이에도 흔들릴 것만 같았다. 인기척을 느낀 엄마가 고개를 들었다.

"나왔나. 손씨 아지매 오랜만에 보제."

"안녕하세요."

"신지 왔나. 은제 왔나."

"어젯밤에요."

"그래, 잘해따. 엄마도 보러 오고. 더운데 왜 나왔나. 어여 드가라."

"안 더워요."

"아이다, 드가라. 볕에 탄다. 드가 밥 무라. 아침 뭇나."

밥도 묵었고 덥지도 않은데, 여든 넘은 할머니에게 내가 더위 걱정을 듣는 게 맞나 싶어 머쓱해졌다. 실내에서 막 나온 나는 땀 한 방울 흘리지 않았고 아침나절 내내 밭을 수없이 오간 할머니와 엄마는 땀을 뻘뻘 흘리고 있는데.

엄마가 '손씨 아지매'라 부르는 할머니는 고향 집에서 걸어서 10여 분 걸리는 옆 마을에 사신다. 그 집 할아버지는 마을에서 제일 키가 커 내가 어렸을 적부터 '키 큰 할아버지'로 통하곤 했다. 할아버지가 돌아가셨다는 소식을 들은 게 몇 해 전이었더라. 예닐곱 살 무렵엔 그 집에 종종 심부름을 가곤 했다. 돌아가신 할아버지의 친구이기도 했던 키 큰 할아버지는 내가 대문에 서서 "할부지요" 하고 부르면 어둑한 방에서 큰 키를 접으며 나오셨고 은단 냄새가 밴 손으로 어린 내가 집으로 무사히 배달해야 할 무언가를 건네주셨다. 부엌에서 젖은 손을 닦으며 나와 내 손에 '유가 사탕'이나 '땅콩 캐러멜' 같은 걸 쥐여주던 할머니가 손씨 할머니였고. 그때도 할머니는 새처럼 몸집이 작았고, 지금보다 곱고 푸른 목소리로 순식간에 착하다, 예쁘다, 장하다, 같은 말을 머리 위로 쏟아부었다. 다정한 말을 온몸에 콩고물처럼 묻히고 말랑한 인절미의 마음이 되어 돌아가는 길은 하나도 멀게 느껴지지 않았다. 그 집에 심부름 가는 일이 싫지 않았던 이유이기도 했다.

내가 기억하는 건 어린 시절의 그런 추억이 전부다. 시골집에 들러도 친척 집도 아닌, 옆 마을에 사는 할머니 댁을 일부러 찾아갈 일은 없었기에 정말 오랜만에 뵌 얼굴이었다. 밭일이 얼추 마무리되었을 즈음 엄마는 이른 저녁을 들고 가시라고 할머니를 붙잡았다. 할머니는 땀도 이키 났는데 남의 집에 어떻게 들어가느냐고, 배도 안 고프다고 그냥 가겠다고 했고 엄마는 그런 할머니를 붙잡느라 실랑이를 하기 시작했다.

그제야 또 다른 기억이 떠올랐다. 먼 옛날부터 길 가다가도 엄마가 밭에서 혼자 일하고 있는 걸 보면 밭둑을 올라와 일을 도와주고 가던 사람이 할머니였다는 게. 덕분에 혼자선 오래 걸릴 일을 반나절 안에 마친 엄마가 식혜

나 찐 옥수수라도 드리려고 부엌으로 간 사이 도망치듯 사라지곤 하셨던 것도. 한사코 도와준 다음, 한사코 도망치던 뒷모습. 두 사람의 익숙한 실랑이가 한동안 잊고 살던 기억을 깨웠다.

엄마가 뙤약볕 아래를 벗어날 수 없게 된 건 집에 빚이 늘어나면서부터였다. 엄마는 새벽같이 일어나 어른들 드실 밥을 안치고 밭에 나갔고, 밤이슬을 맞으며 집으로 돌아왔다. 그사이 몇 년 차로 쓰러진 증조할머니와 할아버지가 집에서 오랜 투병을 시작했다. 농사일이 밀린 날이면 엄마는 캄캄한 밤에도 헤드 랜턴을 쓴 채로 오이 덩굴을 손질하곤 했다. 사정도 모르는 사람들은 비닐하우스 너머로 어른거리는 랜턴 불빛에 혀를 차며 말했다. 저 집은 돈독이 올라 저렇게 일한다고. 독한 것 좀 보라고. 쉽게 흥보고 소문에 옷을 입히는 사람들 사이에서 그건 그리 놀라운 일도 아니었다.

구경꾼들처럼 남의 삶에 말 얹는 사람들 틈을 비집고 나선 친구처럼 엄마를 도운 건 늘 할머니였을 것이다. 처음엔 농사일과 집안일과 병 수발에 지쳐가는 새댁이 안

쓰러워서, 나중엔 같이 나이 들어가며 평생을 해도 끝나지 않을 고단한 노동을 나눌 수 있는 게 서로밖에 없어서. 나는 지금도 놀랍다. 엄연히 우린 남남인데. 가족도 아닌 사람이 그렇게까지 엄마를 도울 수 있다는 게. 세상에 아직 그런 사람이 있다는 게.

나까지 나서서 붙잡자 할머니는 고집을 꺾고 집으로 들어와 함께 식사를 하셨고, 후식으로 내어간 수박을 조금 드셨고(머 이런 걸 내왔나, 마이 뭇는데, 신지도 앉아라, 수박 무라, 언제 서울 가나, 착하다, 엄마 마이 돕고, 하는 말씀도 빼놓지 않으셨다) 누가 재촉하는 것도 아닌데 서둘러 일어나셨다. 이번에도 주방에 있다가 할머니가 나가셨다는 걸 뒤늦게 눈치챈 엄마는 앞치마에서 꺼낸 흰 봉투를 내 손에 쥐여주었다.

"네가 넣은 거라고 해."

나이 마흔을 앞두고도 나는 여전히 엄마가 손에 쥐여

주는 돈 봉투를 마치 내가 준비한 것인 양 건네러 헐레벌떡 뛰어가는 사람이다. 엄마가 나를 내내 막내처럼 여기는 이유를 그럴 때면 알 것 같다. 챙겨야 할 것을 제때 못챙기고 살며, 미안하고 고마우면 고장 나듯 멈춰 입을 다무는 사람. 그게 나다. 아까부터 뭔가를 잘못한 기분으로 서성이던 나는 할머니를 놓칠세라 뛰어나갔다. 해 지는 농로 위로 보행 차를 끌고 멀어지는 할머니가 보였다.

"할매!"

"왜 또 나왔노. 드가지."

"이거 드리려고요. 매번 엄마 도와주시는 기 고마워서."

"야가 와 이카노. 치아라. 됐다. 됐다."

한사코 안 받으려는 할머니 손을 피해 보행 차 뒤쪽 주머니에 봉투를 밀어 넣었다. 진짜 고마워서 드리는 거라며 우길 심산으로 할머니를 안아드리는데, 한참이나 팔을 오므려야 안아질 만큼 몸집이 작았다. 할머니들은 대체 왜 그럴까. 보고 있을 땐 참을 수 있는데 안아버리면, 냄새를 맡으면 꼭 눈물이 난다. 몸을 떼자 할머니 눈가도 붉다. 우예 이키 착하나. 착할 리가 없다. 내가 지금 눈물이 나는 건 모르고 산 20년 때문이다. 열아홉 겨울에 서울로 떠나고 집은 늘 잠시 다녀가는 곳 정도로 여길 때, 학교 다니고 회사 다니기 바빠서 나 좋은 거 나 바쁜 거 나 슬픈 거 그런 것에 빠져 고향 집은 먼지 앉은 닫힌 방처럼 여길 때. 그때도 이곳의 시간은 흐르고 있었고, 할머니는 굽은 허리로 걸어가다가 혼자 일하는 엄마가 눈에 밟혀 또 가던 길을 멈추고 밭두렁을 올라와 풀을 뽑아주었을 것이다. 엄마 주름이 늘어가는 시간 동안 할머니 허리는 점점 더 굽어갔겠지. 이제 늙은 엄마와 더 늙은 할머니가 뙤약볕 아래에서 풀을 뽑는 가운데 나만 멀뚱히 서있다. 웃지도 울지도 못하는 얼굴로. 우예 이키 착하나. 그런 말에 어딘가로 숨어버리고 싶은 기분이 들지 않을 만큼 착하게 살려면 어떻게 살아야 하는지 여전히 모르겠다. 할머니는 다시 보행 차 손잡이에 몸을 기댄 채 노을 지는 시골길을 걸어가고, 그 뒷모습을 바라보다가 생각한다.

내가 배우고 싶은 삶이 이곳에 있다고. 강의실이나 도서관이나 방송국 조명 아래가 아니라 이 들판에, 산자락에, 색색의 지붕 아래에 있다고. 어떤 마음이 너무 귀해서 미안해지는 건 그 속에서 내가 잊고 살던 '더 나은 것'을 보기 때문은 아닐까. 아무런 셈도 없이, 대가도 바라지 않고, 돕는다는 자각 없이도 돕는 할머니 곁에서 나는 사람이 사람을 도울 수 있다는 당연한 사실을 처음 듣는 것처럼 다시 배운다. 아픈 사람이 아픈 사람을 돕고, 힘든 사람이 힘든 사람을 돕고, 슬픈 사람이 슬픈 사람을 돕는다. 우리는 그렇게 서로를 도울 수 있는 존재들이다. 그 사실을 받아들이면 세상은 이미 틀렸다는 비관이나 사람에게 환멸을 느낀다는 말 같은 건 함부로 쓸 수 없다는 것도 알게 된다.

누군가 이미 그렇게 살았다는 사실이 희망이 될 때가 있다. 그건 아무리 생각해도 놀라운 일이다. 내가 끝끝내 어떤 낙관을 향해 몸을 돌린다면 '믿게 한' 사람이 있기 때문이란 걸 이제는 안다. 세상이 어때야 한다고 말하는 대신, 보고 싶은 그 세상을 먼저 살아내면 된다는 것도.

솟아나는 말들을 나는 그대로 둔다. 희망이 생기도록 내버려 둔다. 가르친 적 없는데 배우게 하는 것, 그게 내가 아는 할머니들의 교실이라는 생각을 하면서.

# 반딧불을
# 만나러 가는 밤

────────

"가서 뭘 하면 돼?"

"그냥 걸으면 돼."


　제주에 사는 B의 집에 머문 지 닷새째 되는 날이었다. B가 예약해 둔 대로 반딧불을 보러 곶자왈로 향하는 길. 여름밤과 숲과 산책을 좋아하는 나로선 거절할 수가 없는 제안이었다. 차를 달려 가는 동안 알게 된 사실은 반딧불은 초여름 한 달 정도만 볼 수 있다는 것. 습도가 높아야 하는데 오늘 날씨는 운이 좋은 편이며, 예약을 위해선 꽤나 높은 경쟁률을 뚫어야 한다는 것. 그리고 B는 얼마 전 이미 반딧불 탐방을 해보았다는 것이었다. 마지막 사실 때문에 나는 이것이 B가 나를 위해 준비해 준 이벤트라고 여기기로 했다. 가본 곳에 다시 같이 가고, 해본 것을 다시 같이 하는 것. 그것이 우정의 다른 이름 같다고 생각하면서.

여름의 길목에선 좀처럼 해가 지지 않았다. 해가 져야 반딧불을 볼 텐데. 곶자왈 입구에 도착해 주차를 하고 입장 팔찌를 하나씩 나눠 받고 대기 장소에 서있을 때까지도 하늘이 밝아 조금 초조했다. 이렇게 어둠을 간절히 기다려본 것도 오랜만이란 생각이 들었다. 일몰 시각이 지나 드디어 낮과 밤이 자리를 바꿀 때쯤, 우리는 숲의 입구에 모여 서서 짧은 설명을 들었다. 반딧불은 아주 예민한 생명체라 희미한 빛이나 작은 말소리에도 반응하니 숲에 들어가면 빛을 내는 기기(휴대폰, 스마트워치)를 모두 끄고, 대화도 멈추고, 크게 움직이지도 말고, 가만히 걷기만 해달라는 말이었다. B의 말이 맞았다. 그게 전부였다. 숲에 들어가 우리가 해야 하는 일은. 말없이 걷는 일.

그 말을 마치고 곶자왈 입구로 들어선 안내자는 거기 어디 밤의 문이라도 있는 것처럼 금세 어둠에 묻혀 사라져버렸다. 그냥 이렇게 걷는 건가? 당황할 틈도 없이 안내자를 놓칠세라 한 명 한 명 차례로 숲에 들어섰다. 입구부터 이어지던 데크 길이 끊기고 흙길이 시작되자 미약한 빛마저도 자취를 감추었다. 흐린 날이라 달빛도 구름에 가린 밤이었다. 어둠 속에 갑자기 혼자 남겨진 듯한 감각에 놀라 주위를 둘러보았다. 아무것도 보이지 않았다. 눈앞엔 누군가 새카만 종이를 들이댄 것 같은 빽빽한 어둠뿐. 이럴 때 할 수 있는 일은 하나였다. 눈이 어둠에 적응하기를 기다리는 일. 불안을 밀어내며 발을 내디뎠다.

앞이 보이지 않으니 오히려 나머지 감각이 열리는 기분이었다. 몇 걸음 앞서 걷는 사람들의 인기척, 누군가의 발바닥이 흙길 위의 잔돌들과 마찰하며 일으키는 소리. 바람이 불 때마다 높은 곳의 나뭇잎들이 손바닥을 비비듯 스스스스 흔들리는 소리. 눈을 감고 숨을 깊이 들이마시면 선명해지는 꽃냄새. 이 꽃은 무슨 꽃일까, 누구에게 이름을 물어봐야 하지, 생각한 그 순간 내 앞으로 나풀나풀 작은 빛이 지나갔다. 첫 반딧불은 소리 뒤에 왔다. 사람들의 낮은 탄성이 지나간 자리에 여운처럼 작고 희미한 빛이 떠돌다 숲으로 사라졌다. 고개를 돌리자 거기, 어둠에 잠긴 숲속에 자그마한 빛들이 모여있었다.

어떤 빛을 반딧불로 보아야 하는지 알고 나니까 반딧불들은 더 자주 보였다. 수풀 속, 바위 옆, 나무 뒤, 어둠 속에서 하나 둘 셋 불처럼 켜지는 것들. 떠도는 별처럼 날아다니는 것들. 그 빛은 마치 내가 여기 있다고 보내는 미약한 신호처럼 깜빡였다. 사진 속에서 본 반딧불들은 훨씬 선명했는데 그게 오랜 노출로 모아둔 빛에 불과했다는 걸 그제야 알 수 있었다. 오솔길 양옆으로는 끝을 모를 숲이 펼쳐져 있었고 반딧불들은 대개 수풀 속 어딘가에서 빛나고 있었으므로 때로는 그 빛이 길잡이가 되어주기도 했다. 인간이 낸 산책로의 테두리를 알 수 없을 때 길의 바깥에서 반딧불들이 화살표처럼 깜빡였으므로. 이 방향이라고, 이리로 쭉 걸어가면 된다고.

어떤 반딧불은 길을 건너듯 이편에서 날아와 사람들 사이를 거쳐 저편으로 날아가기도 했다. 위험한 줄도 모르고 다가오네, 생각하다 퍼뜩 이 밤을 헤집고 다니는 건 나라는 걸 깨닫는다. 새삼스레 숲의 주인은 누구인가 생각하게 됐고. 제주에는 한낮의 여행자들과 바다를 향해선 카페들, 별점과 해시태그로 표시되는 식당들만 있는 게 아니라, 밤의 어둔 숲이 있고, 반딧불이 있고, 빈 오름이 있고, 노루와 새들이 있다. 원래부터 이 섬에 살던 것. 이 섬의 주인인 것들. 그 생각을 하면 이 밤 이 숲에 불쑥 들어온 것이 미안해지기도 했다.

어떤 존재를 의식하며 이토록 조심스럽게 걷는 경험도 낯설었다. 사실 우리는 그렇게 조용히 함께 있을 수도 있었는데, 너무 크게 말하고 소란스레 걷고 팔을 휘젓는 바람에 저들이 모두 날아가 버렸다는 생각.


하지만 무엇보다 내 마음을 채운 건 새까만 어둠이었다. 불을 다 꺼도 어딘가의 불이 늘 켜져 있는 도시에선 내내 잊고 살던 것. 단어가 아니라 감각으로서의 어둠. 서

로를 비로소 볼 수 있게 해주는 어둠도 있다는 걸 거기 서
서야 느낄 수 있었다.

> 철학자 조르주 디디 위베르만은 《반딧불의 잔존》을
> 통해 말한다. 오늘날 반딧불이 사라진 것이 아니라
> 우리가 그것을 볼 수 있을 만큼 충분히 어두운 곳에
> 있지 못한 거라고. 그러니 반딧불을 보기 위해 우리
> 가 해야 하는 일은, 당연하게도 반딧불을 볼 수 있
> 는 곳으로 가는 것이다.
> 이상한 말이었다. 어떤 것을 바라보기 위해 우리가
> 충분히 어두워져야만 한다는 것은. 그렇지만 뒤늦
> 게 도착한 극장의 어둠 속에 서 있을 때면, 이해하
> 지 못한 영화 앞에서 잠들고 난 다음이면, 왠지 그
> 말뜻을 이해할 수 있을 것 같았다.
>
> — 장혜령, 《사랑의 잔상들》 중에서

그동안 나는 함부로 무언가를 잃었다고 말해온 게 아
닐까. 내가 사라졌다고 여긴 많은 것들은 여전히 거기에

있는지도 몰랐다. 충분히 어두운 곳에, 충분히 고요한 곳에, 속삭임으로 말해야만 들리는 곳에. 그러니 내 곁에서 사라져버린 것들을 다시 만나기 위해 내가 해야 하는 일은, 당연하게도 그것을 볼 수 있는 곳으로 가는 일이었다.

어떤 것을 바라보기 위해 우리가 충분히 어두워져야만 한다는 것. 이상하게 그 밤엔 그것이 남은 삶에 대한 은유로 들렸다. 계속 걸으라는 말로도 들렸다. 우리는 어둠 속을 걸을 수 있는 존재. 캄캄한 마음으로 걷다가 어둠에 서서히 눈이 익었을 때 비로소 보게 되는 것, 내가 언제고 글로 옮기고 싶은 것은 그런 것이었다.

# 그렇게 되면
# 낭만이 없지!

———

여행 가방을 든 채 집 앞에서 택시를 탔다. 서울역으로 가달라고 하면 택시 기사님은 두 부류로 나뉜다. 어디 가는 길이냐고 묻는 사람과 묻지 않는 사람.

"어디 가시나 봐요."

"네, 강릉이요."

"강릉 좋죠. 요새는 얼마나 걸리려나……."

"KTX 노선 생기고는 두 시간밖에 안 걸려요, 엄청 빨라졌어요."

심상한 대화였는데 기사님이 갑자기 개탄하며 말씀하셨다.

"두 시간?!! 강릉을 두 시간 만에 가면 그게 없지!"

"뭐가요?"

"낭만이 없죠! 옛날엔 창문 밖으로 손 뻗어서 남의 집 대추도 따고 감도 따고 그랬는데. 밤 기차 타면 밤새도록 산맥을 넘어가서 겨우 해돋이 보고. 그랬는데 두 시간이라니……"

방금 내가 뭘 들은 거지.

"창문 밖으로 손을 내밀어서 감을 땄다고요?"

지금 저 놀리시는 거죠, 까지 덧붙이고 싶었는데 농담인지 아닌지 가늠이 안 됐다. 기사님은 '아이참, 이걸 또 모르시네' 싶은 손님이 탄 것을 기뻐하는 말투로 이야기를 시작했다. 그 시절 기차 안에서 가능했던 각종 '서리'에 대해서. 그때는 기차가 훨씬 느렸고 기찻길 바로 옆으로 집이 있는 경우도 많았다고 한다. 기차가 느릿느릿 마을을 지날 때는 차창 너머로 저 집 장독이 몇 개인지, 식구는 몇인지까지 다 보일 정도였다고. 그러다 보니 긴 이동 시간이 지루하고 배가 출출해질 때면 창밖으로 팔을 뻗어 어느 집 담장을 넘어온 가지에서 대추나 감 따위를 툭툭 따곤 했다는 것이다. 아니 이게 무슨…… 올레길을 걷다가 귤을 따먹었다는 얘기는 들어봤어도 기차 안에서 남의 집 감을 따먹었다는 얘긴 또 처음이었다.

서울역에 도착해 열 수도 없게 생긴 요즘 기차의 매끈하고 너른 창을 보니 '하긴 예전엔 기차 여행이 이런 게 아니었지' 싶었다. 종이로 된 표를 반 찢고서 반을 다시 돌려주는 표 검사도 없고, 좌석 사이로 과자와 사이다와 삶은 달걀 따위를 싣고 지나가는 수레도 없다. 와이파이가 되는 객실에서 사람들은 노트북으로 일을 하거나 휴대폰으로 영상을 본다. 창밖을 보는 사람은 드물다. 까무룩 잠이 들었다가 눈을 뜨면 금세 목적지에 닿는다. 이동

시간이 짧아진 만큼 효율적인 여행이 가능해졌지만, 확실히 그게 없었다. 낭만이. 그날 낭만도 없이 강릉에 다녀온 후로, 종종 기사님의 개탄스러운 말투가 생각나곤 했다.

"그렇게 되면 그게 없지. 낭만이 없어!"

낭만은 대체 어디에 있을까? 도라지 위스키 한 잔에다 짙은 색소폰 소릴 들어볼 일은 없으니 곰곰이 앉아 생각해 본다. 낭만은… 어쩌면 동해를 보러 가려면 두 시간이 아니라 열두 시간이 걸리던 시절에 있는지도. 바꿔 말하면 시간이 오래 걸려야만 생기는 일들 속에. 돋보기로 햇빛을 모으듯 하염없이 쌓이는 시간을 바라보다 마침내 거기서 작은 불씨가 피어오르는 순간을 기다릴 수 있을 때. 우리가 속도를 얻은 대신에 잃어버린 건 어떤 '이야기'가 생길 가능성인지도 몰랐다.

혹은 몸이 좀 힘들어지는 번거로운 일들 속에. 끈적거리는 땀과 꿉꿉한 기분 속에. 바다 수영이나 캠핑이나 록 페스티벌 같은 건 정말이지 번거로운 낭만이 아니던가. 며칠 전에도 숲과 바다를 헤매느라 꼬질꼬질해진 몰골로 돌아오면서 '강'과 그날 본 노을에 대해 얘기했더랬다. 바닷가에 앉아 해가 수평선 너머로 완전히 사라지는 모습을 지켜본 게 정말 오랜만이지 않느냐고. 종일 바닷바람을 맞았더니 땀 흘린 팔다리에 가는 모래가 달라붙어 꼭 깨강정이 된 기분이었다. 집에 와서 캠핑 짐을 정리할 때는 무얼 들어 올려도 모래가 우수수 쏟아졌다. 그러면 좀 어떤가. 올해 가장 근사한 노을을 보았는데. 깔끔하게 살고 효율만 찾으려 하니까, 번거롭고 시간이 오래 걸리는 건 자꾸 손해처럼 여기니까 추억이 안 생기는 것일지도 모르는데.

살면서 비를 흠뻑 맞았던 몇 안 되는 순간을 오래 기억하는 것도 비슷한 이유에서다. 예전 동네에 살 때 강과 둘이 밤 산책을 나섰다가 갑작스러운 소나기를 만난 적 있다. 우리는 가게에 들어가거나 버스를 타는 대신, 내리는 비를 맞는 쪽을 택했고 홀딱 젖은 채 집으로 달려오는 동안 꼭 어린 시절로 돌아간 것처럼 즐거웠다.

그러고 보면 낭만은 진흙 속의 진주 같기도 하다. 잘 닦인 진열장 너머에는 없는 것. 진흙에 손을 집어넣을 수 있는 사람, 나중 같은 건 나중에 생각하고 지금은 지금만 생각하며 일단 몸을 담글 수 있는 사람, 그런 사람에게만 만져지는 것인지도.

기꺼이 진흙투성이가 되었던 순간을 떠올리다 보면 기억은 어느새 10여 년 전의 지산 록 페스티벌에 이른다. 소나기가 와서 잔디밭은 이미 진흙탕이 된 지 오래였다. 비라는 게 맞기 전에야 피하려고 들지만, 어느 정도 맞고 나면 자포자기 상태가 되어 사람을 좀 친진하게 만드는 구석이 있다. 사람은 몰리는데 임시로 지은 시설들은 열악했고 우리는 한여름의 더위와 습도와도 싸워야 했다. 다행히(?) 이미 땀과 비로 더러워진 상태였기에 우리는 이왕 이렇게 된 거 마음 놓고 더 더러워지기로 했다. 그런 맘으로 뛰어다니니까 여기가 무슨 다른 세계의 놀이공원처럼 느껴졌다. 이틀 동안은 얼마든지 다르게 살고 가도 되는 공간. 어제 오후만 해도 사무실 구석 자리의 한 평

남짓 책상에 갇혀 기사를 쓰고 있었다는 사실이 믿기지 않았다.

해가 질 무렵이었다. 잔디밭 위로는 비눗방울이 날아 다녔고, 어디선가 모닥불을 피우는 냄새가 났다. 하얀 티 셔츠 등판에 '음악의 어머니'와 '음악의 아들'이라는 자 기소개를 수놓은 모자母子가 걸어갔다. 프레스 취재 명찰 을 건 남자가 커다란 카메라로 그들을 찍고 있었다. 낮부 터 맥주를 연거푸 마신 나는 조금 몽롱한 기분으로 그 모 습을 바라보았다. 그때였다. 메인 무대에 누군가 나타났 는지 사람들이 함성을 지른 건. 페스티벌이란 무엇인가? 함성을 좇아서 무조건 뛰어야 하는 것이다. 무슨 일이지? 궁금해하면 이미 늦는다. 일단 뛴다. 즐거움을 향해서. 가 자! 친구와 나는 냄새 나는 생쥐 꼴을 한 채로 무대를 향 해 뛰었다. 내딛는 걸음에 찰박, 하며 종아리로 튀어 오 르던 진흙들, 다 젖은 신발에서 나던 꿉꿉한 냄새, 아, 머 리 감고 싶다 하면서 올려다본 하늘에 지고 있던 진득한 노을……. 그 순간 뱀파이어 위켄드의 '맨사드 루프Mansard Roof' 첫 소절이 울려 퍼졌다.

누구에게나 그런 순간이 있다. 살면서 이런 순간은 다시 오지 않겠지, 직감하는 순간. 앞으로도 엄지손가락만 까닥이면 수백 번 수천 번 저 노래를 재생할 수 있겠지만, 첫 소절이 시작되던 지산에서의 그 순간을 다시 만날 순 없을 것이다. 사람들의 함성이 산으로 둘러싸인 무대를 꽉 채웠다. 여름이었다. 동시에 앞으로 살아가며 '여름이었다……' 하면 언제든 돌아갈 장면이 만들어지던 순간이었다.

그때 내가 그토록 더럽고 꿉꿉해진 채 자포자기의 심정으로 놀지 않았더라면 아마 지산은 다른 기억으로 남아있을 것이다. 돗자리 위에서 보송한 티셔츠를 입은 재 바라보았던 노을로 기억될 수도 있겠지. 하지만 아무래도 전자가 마음에 든다. 10여 년 전의 지산이 여전히 생생한 장면으로 남아있는 것도, 그때의 냄새와 감촉 때문인 걸 안다. 오렌지색 환타를 온몸에 뒤집어쓴 기분으로 자유롭게 뛰어다녔던 이틀. 나를 놓아버리고 추억을 얻었던 여름.

언젠가 회사 앞에서 술을 마시다가 호프집 창밖으로 내가 지금 뭘 보고 있는 거지 싶은 풍경을 목격한 적 있다. 맞은편 건물의 주차장에 양복 차림의 세 남자가 누워서 별을 보고 있었다. 처음엔 넘어진 일행을 일으키려다 같이 넘어진 건 줄 알았는데 그냥 셋 다 대大 자로 누워서 천연덕스럽게 별을 보고 있는 거였다. 가끔 손을 들어 어느 별을 가리키기도 하면서.

"진정한 낭만파다." 일행 중 누군가 말했다. 부러워하는 말투가 아니었는데도 어쩐지 창의 안쪽에서 에어컨 바람을 쐬고 있는 쾌적한 상태의 우리가 뭔가를 놓치고 있는 듯한 기분이 들었다. 서울역까지 태워다준 택시 기사님이 그 순간 그 앞을 지나고 있었다면 아마 "이래야 낭만이 있지!" 말했을 것도 같다. 나는 도심에서 천연기념물을 발견한 사진가의 심정으로 그들을(실은 이쪽에서 보이는 그들의 발바닥을) 찍었고 그 사진은 지금도 내 외장하드 어딘가에 남아있을 것이다.

아무리 취한대도 주차장에 누워 별을 바라볼 자신은

없지만, 언제든 드러누울 '준비'가 되어있는 맘으로는 살고 싶다. 가끔은 좀 무모해지고 천진해지고 싶다. 체면을 챙기거나 나중을 따지느라 좋은 순간에 뒷걸음치는 사람이 되고 싶지는 않으니까. 돌아보면 낭만은 언제나 반 발짝 앞에 있었다. 고작 반 발짝인데 거의 전부인 반 발짝이어서, 거기 서기 전에는 절대 볼 수 없는 풍경이 있었다. 그러니 언제나 반 발짝의 용기를. 혹시나 옆에 선 이가 뒷걸음치려는 기미가 보이거든 손목을 잡으며 말해야 하니까. "그렇게 되면 낭만이 없지!"

# 지금 선 자리가
# 최선을 다한 자리

———

　내가 세상에서 유일하게 훔쳐보는 일기는 인숙 씨의 일기다. 《기록하기로 했습니다》가 세상에 나오고 얼마 지나지 않았을 때 인숙 씨가 전화를 걸어 "5년 일기장? 그거 하나 부치바라" 말한 적 있다. 책을 읽고 누가 기록을 시작했다는 말만 전해주어도 신이 나던 무렵이었는데 그 중에서도 가장 반가운 소식이었다. "책에 평생 일기 썼다 카는 할아버지 대단하드라. 나도 써볼라고." 노안이 온 인숙 씨가 돋보기 쓰고 보기에도 적당할 만한 일기장을 고심한 끝에 판형이 큰 '가네쉬 5년 일기장'을 찾아 부쳐

주었다.

하루 종일 얼마나 고되게 농사일을 하는지 알고 있어서, 사실 일기장을 부치면서도 인숙 씨가 피곤한 밤에 침침한 눈으로 이걸 매일 쓸 수 있으려나, 드문드문이라도 쓰면 다행이겠거니 생각했었다. 한 달 뒤였나, 일기장을 부친 사실도 잊고 있다가 시골집에 갔을 때 인숙 씨 침대 맡에 놓인 일기장을 보고서야 생각이 났다. 험하게 펼친 자국이 없어서 역시 별로 쓰지 않았겠거니 하고 들춰보았는데, 그곳엔 지난 한 달 동안의 농사 기록이 빼곡히 적혀있었다. 어떤 날은 연필로, 어떤 날은 파란 펜으로, 어떤 날은 볼펜 똥이 자꾸 묻어나는 굵은 펜으로 써 내려간 일기.

그 뒤로 인숙 씨의 5년 일기장은 집에 다녀올 때마다 내가 몰래 훔쳐보는 기록이 되었다. 훔쳐본다고는 하지만 사실 인숙 씨도 내가 일기를 보리란 걸 알 것이다. 마음에 걸리는 것 없이 살아온 사람에게는 간결한 일상이 나열된 일기를 누가 본다 해도 큰 상관이 없을 뿐. 언제라도 가름끈을 따라 일기장을 펼치면 인숙 씨를 꼭 닮은 문장들이 나타난다.

### 2021. 4. 26

봄바람 강하게 부는 날. 토요일에 수확한 오이 시장 출하 열다섯 박스 하고, 일요일 출하는 스무 박스. 오후에 고추 지지대 꽂고 박아야 하는 날. 땅콩 심은 데 모래 덮기, 감자 흙 북돋우기, 이것저것 할 일이 많다.

### 2021. 5. 15.

오늘은 비가 오락가락하는데 새벽 5시, 치매 걸린 시어머니가 방에 안 계셨다. 밤중에, 아마 새벽 1~2시경에 나가셨나 보다. 하늘이 무너지는 일. 두 시간을 찾아 헤매다 남의 논에서 찾았다. 풀 뽑는 치매다. 밤중에 누가 풀을 뽑으라고 해서 나갔다고 하시면서 남의 논, 모 심은 논을 다 밟아 놓았다.

### 2021. 8. 13

인생이란 어떻게 살아야 잘 살았다고 답할 수 있을까.

## 2021. 10. 7

사과 잎 따기 알바 이틀째 갔음. 이틀 일하면 21만 원, 보람이 있다. 일하고 오니, 남편께서 호식이 시켜놓았다고 얘기해서 어리둥절. 하지만 간만에 막걸리 한잔하게 되어서 기쁜 일이다. 6시 30분에 예약 찾아와서 즐겁게 한 잔. 막걸리 한 병 2,000원, 다섯 병 만 원. 호식이 두 마리 2만 4,000원.

대체로 오늘 한 일을 적어놓은 농업 일지 사이에 어느 날은 기쁘고 감사했다가, 어느 날은 슬프고 막막했던 인숙 씨 마음이 책갈피처럼 끼워져 있다. 사라졌던 할머니를 겨우 찾고 논두렁에 앉아 엉엉 울고 난 이튿날 아침에도 인숙 씨는 오이를 수확하고, 모내기 판을 정리하고, 마늘쫑 볶음과 멸치 반찬을 했다고 써두었다. 어떤 모진 일이 일어나더라도 멈추지 않고 굴려야 하는 삶. 일이 있어 슬픔이 덮인 날도 있는가 하면 이렇게 마음이 괴로울 때도 일을 해야만 한다는 사실이 원망스러웠던 날도 있겠지.

어느 날의 여백엔 나중에 덧붙여 썼는지 다른 색깔 글씨로 이렇게 적혀있었다. '오뚜기처럼 일어나려고 애쓰는 맘.' 하루를 지탱하는 노동과 마음을 다스리려 적은 문장들이 이리저리 섞인 게 인숙 씨의 일기다. 어느 날은 라디오에서 스님이 전해준 말을, 어느 날은 텔레비전에 스치듯 나온 말을 옮겨 적으며 오뚜기처럼 힘을 냈을 인숙 씨 마음을 일기장 밖에서 나는 뒤늦게 짐작해 볼 따름이고.

평소에도 농협 달력 뒷면이나 고지서 봉투 여백에 아껴서 무언가를 메모하는 인숙 씨는 일기장 맨 앞의 빈 페이지도 그냥 두지 않았다. 누군가 카카오톡으로 전해준 것을 받아 적은 것인지 라디오에서 들은 것인지 모를 문장들이 번호를 달고 빼곡히 적혀있다.

1. 남들은 100세 시대라 해서 100세를 살 거라고 하지만 난 단지 오늘을 살 뿐이다.

2. 내일은 내일 아침에 일어나봐야 알 뿐이고, 내가 어떻게 해보겠다 장담할 일도 아니다.

3. 하루하루가 행복이다.

오늘 내가 존재함에 감사

오늘 내가 건강함에 감사

오늘 내가 일할 수 있음에 감사

오늘 내가 누군가를 만남에 감사

오늘 감사할 조건을 찾으면 너무 많다.


다른 데서 봤더라면 뻔하다 여기고 지나쳤을 말들이 인숙 씨 일기장에 있으면 달리 읽힌다. 맞지. 그렇지. 오늘 내가 일할 수 있고, 몸이 건강하고, 누군가를 만날 수 있다는 건 분명 감사할 일이지. 파란 글씨로 쓰인 저 문장들이, 실은 인숙 씨가 삶을 펜처럼 잡고서 저어낸 문장이라는 걸 안다. 그러니까 그건 머리로 글을 쓰는 내게 얼마나 요원한 일인지. 삶 전체를 밀고 나가면서 한 글자, 한 글자 썩는다는 것은.


쓰는 일이 막힐 때마다 나는 답을 구하듯 인숙 씨 일기장을 펼쳐본다. 인숙 씨가 적은 문장에서 어떤 글을 시작할 수 있을 것 같은 날도 있고, 마무리 짓지 못하고 붙잡고 있던 글을 인숙 씨의 문장으로 끝낼 수 있을 것 같은 날도 있다. 그러다 또 어떤 날은 사실 내가 써야 할 문장이 이미 이 일기장 안에 다 적혀있는 것만 같다. 더 쓸 수 있는 말이 있을까? 한 권의 책 속에 이 일기장만큼의 진실함을 담을 수 있을까?

언젠가 tvN 토크쇼 〈유 퀴즈 온 더 블럭〉 '팔도 리포터' 편에 TBC 〈싱싱 고향별곡〉의 한기웅 리포터가 출연한 적 있다. 〈싱싱 고향별곡〉은 경상도의 산자락마다 깃든 작은 시골 마을에 찾아가서 목욕탕 의자 하나씩 펼쳐놓고 어르신들을 만나 이야기 나누는 프로그램이다. 그의 말에 따르면 10년 넘게 어느 마을에 가든 엄청난 환영을 받고 있다고 했다. 평생을 반복해 온 농사일 외에는 별다른 이벤트가 없는 시골 마을에선 제작진이 찾아오는 게 어르신들에게 그리도 기쁜 일이라고. 그가 일의 보람을 표현하며 말했다. '한 사람을 주인공으로 만들어주는 일'이니 얼마나 좋으냐고. 살면서 크게 주목받을 일이 없었던 한 사람에게 카메라를 비추고, 긴 인생사를 다 듣고, 건강하시라며 따뜻하게 안아준 뒤에 헤어지는 일.

하지만 마을을 떠나면서 매번 더 많은 것을 얻어가는 건 결국 제작진이라 했다. 이어지는 인터뷰에서 리포터와 작가는 이렇게 말했다.

"(어르신들이) 말을 안 해서 그렇지 하나하나 말씀을 들어보면 지금 선 자리가 최선을 다한 자리구나 싶어요. 누구나 자기 삶의 주인공으로 살아가고 있잖아요. 그러니까 함부로 하면 안 된다는 거예요. 주인공한테 함부로 하면 안 되잖아요."

"이 프로그램의 작가로 있다는 게 감사할 때가 많은데, 어른들이 자신의 인생을 긍정하게 되는 순간을 목격할 때 특히 그래요. 평생 그냥 어머니, 아버지, 늘 부족한 존재로 살아왔다고만 스스로 생각했는데 방송을 찍고 나니까 '아, 내가 좀 괜찮은 인간인 거 같애' 하게 된다고 고마워하실 때. 그런 순간을 함께할 수 있다는 게 좋아요."

누구에게나 지금 선 자리가 최선을 다한 자리.

그날 밤 세수를 하면서도, 자려고 누워서도 그 문장이 마음에서 내내 떠나지 않았던 걸 기억한다. 아마도 내가 인숙 씨의 일기에서 매번 느끼는 것, 그래서 인숙 씨에게 되돌려주고 싶은 말을 닮아서 그랬을 것이다. '인생이란 어떻게 살아야 잘 살았다고 답할 수 있을까.' 이 문장이 전부였던 어느 날의 일기에 이미 그렇게 사셨다고, 지금 선 자리가 당신이 최선을 다한 자리라고 대답하고 싶어서.

내가 글을 쓰고 있으면 인숙 씨는 무얼 쓰냐고 묻는다. 그런 날도 그렇지 않은 날도, 나는 엄마 얘기를 쓴다고 답한다. 사실에서 크게 벗어나지 않기 때문이다. 그럼 인숙 씨는 놀라며 되묻는다. 내 얘길 아직도 쓸 게 남았냐고. 나보다 살아가는 법을 훨씬 많이 아는 인숙 씨인데, 이럴 때면 정작 자신에 대해서는 잘 모르는 것 같다.

# 사소함의
# 목격자

———

　한번은 고향 집 터미널에서 서로 봉투를 집어 던지는 아저씨들을 목격한 적 있다. 서울행 비스에 오르려는 아저씨1에게 고향에 사는 듯한 아저씨2가 흰 봉투를 건넸고, 아저씨1이 그 봉투를 한사코 거절하다가 통하지 않자 허공으로 딘졌고, 봉투는 시골 버스 터미널의 시멘트 바닥으로 나풀나풀 떨어졌고, 그럼 아저씨2가 봉투를 다시 주워서 쫓아왔고……. 그게 어찌나 대소동이었던지, 강과 나는 대체 이 드라마의 결론은 어떻게 나는 걸까 궁금해하는 심정으로 지켜보았다. 아저씨1이 서둘러 버스에 타자, 아저씨2는 기어이 따라 올라와서 또 봉투를 던졌다. 출발 시각이 다 된 버스는 서서히 움직이기 시작했다. 아저씨1이 이때다 싶어 차창 밖으로 냅다 봉투를 던져버렸다. 여기서 끝날 리가. 봉투를 쫓아서 내린 아저씨2가 움직이는 버스 옆구리를 때리며 다시 올라타서 아저씨1의 무릎에 봉투를 던지고 서둘러 내려버렸다. 그사이 버스는 이미 터미널을 벗어나고 있었고.

흰 봉투 대소동은 그렇게 마무리되었다. 마침 아저씨1이 앉은 곳은 우리 바로 앞자리였다. 강과 나는 대체 얼마가 들었기에 이 정도의 실랑이를 벌인 걸까 궁금해서 의자 틈새로 몰래 개봉 장면을 지켜보았다. 아저씨가 훅, 입으로 바람을 불어 봉투 입구를 벌린 후 꺼낸 건, 그러니까 그 요란한 실랑이를 벌이는 내내 봉투 속에 답답한 심정으로 들어있던 건… 여러 번 접힌 편지였다. 우리는 뒷자리에서 웃음을 참느라 허벅지를 꼬집어야 했다.

아저씨1은 실망했을까. 이럴 줄 알았으면 아까 그렇게까지 실랑이를 하진 않는 건데 민망하다고 생각했을까. 그도 아니면 멋쩍음도 잠시, 편지에 담긴 투박한 진심에 조금 감동받아버렸을까. 표정이 보이지 않아 알 수 없었지만 아저씨가 그 편지를 한참 동안 들고 있던 것만은 기억난다.

　이런 장면을 목격하면 어딘가에 적어둔다. 휴대폰 메모장에 일기처럼 끼적일 때도 있고, 카카오톡 '나와의 채팅'에 단어만 몇 개 적어둘 때도 있고, 가방 속에 노트가 들어있을 땐 거기 짧게 메모해 두기도 한다. 방금 만난 이야기를 잊어버리고 싶지 않아서. 아끼는 상자에 넣어두는 마음으로. 그럴 때 깨닫는다. 그동안 나도 줄곧 뭔가를 덕질해 오고 있었다는 걸. 학창 시절부터 어떤 대상을 깊이 좋아하는 친구들을 보면 부러웠다. 내 밍밍한 애정은 어디에도 속할 데가 없는 것 같아서. 그런 나에게도 알고 보니 오랜 덕질 대상이 있었던 것이다. 마음을 붙잡는 시시콜콜한 이야기. 발에 쉽게 채는 것 같지만 실은 보거나 듣다 보면 이건 세상에 하나밖에 없는 이야기잖아, 싶어지는 그런 이야기.

영화를 볼 때도 주인공의 일상을 스케치하는 장면을 좋아한다. 방 안에 놓인 소품들을 보며 등장인물이 어떤 사람일지 짐작하고, 오후에 드는 햇살이나 동네 골목길의 풍경 등을 지켜보며 볕 좋은 오후에 이 동네를 산책하는 기분은 어떻겠구나 가늠해 보기도 한다. 카메라가 익히 아는 서울의 풍경을 계절별로 훑어서 보여주는 것도 좋아한다. 한강이 저녁 윤슬로 반짝일 때 동호대교를 건너는 전철 안에서 바라보는 풍경, 이른 봄이면 개나리로 노랗게 물드는 응봉산, 눈 덮인 남산, 해방촌이나 정릉 같은 동네의 오래된 골목길…… 거기엔 얼마나 많은 사람들의 얼마나 많은 이야기가 숨어있을지.

소설을 읽을 때 누군가의 하루가 촘촘히 묘사된 부분이 나오면 좋아서 두 번 세 번 읽는다. 새로운 게 아니라 아는 것이어서 반갑다. 통째로 좋은 문단은 시작과 끝 부분에 괄호를 쳐서 묶어둔다. 다시 읽으면서 생각한다. 이게 뭐라고 나는 이런 묘사가 좋을까 하고. 가을바람이 불기 시작해서 선풍기를 집어넣었구나. 저녁 산책을 하다 침엽수 위에 걸린 손톱 달을 보았구나. 실재하는 인물들도 아닌데 왜 누가 그렇게 살고 있는 모습을 보면 안심이 되는지 모르겠다. 우리 삶이 닮았다는 걸, 거기의 당신이 무사한 걸 확인하려고 책을 펼치기라도 한 것처럼.

디테일에 마음을 빼앗겨 책 바깥의 실체를 만져보고 싶어질 때도 있다. 소설 속에서 주인공이 들어간 술집 벽에 적혀있는 낙서가 언급되면, 지금이라도 당장 낡은 벽이 낙서로 채워져 있는 걸 아는 몇몇 술집에 찾아가 낙서를 확인하고 싶어진다. 나는 거기서 어떤 낙서들을 발견하게 될까. 지나가는 버스 옆구리의 광고판에 적힌 문구를 주인공이 중얼거릴 때면 차량 흐름이 많은 집 앞 사거리로 달려 나가 버스 옆구리를 확인하고 싶어진다. 그 자리에 10분 동안 서있으면서 나는 어떤 문구들을 읽게 될까. 이상하게도 불쑥불쑥 그런 마음이 치솟는 것이다. 글 속에 담긴 것을 글 밖에서 직접 확인하고 싶은 마음. 우리 삶이 결국 이런 디테일로 이루어져 있다는 것을 기억해 두고 싶은 마음.

그렇다 보니 책이든 영화든 누가 그런 사소한 순간을

묘사하면 바짝 다가앉는 심정이 된다. "그래서? 더 자세히 얘기해 줘" 하는 맘으로. 실제로 그 창작자들을 만나 못 다한 이야기를 직접 들어볼 일이야 없겠지만 그냥 마음 한편이 든든해지는 것이다. 이런 것을 눈여겨보는 사람이 있다. 그래서 이 장면이 남았다. 그럼 그것으로 됐다, 하는 마음.

비슷한 이유로 나 역시 내가 목격한 것들을 어딘가에 적어둔다. 보르헤스 식으로 말하자면 '무한한 우주는 사건의 아주 작은 부분까지도 필요로' 하니까.


### 2022. 05. 31

개천의 무성한 풀들 틈에서 가끔 뭔가를 채집하는 어르신들을 목격한다. 뭘 뜯으시는 걸까, 궁금해하면서 다가가진 않고 바라본다. 쑥이나 냉이 같은 것이라면 좀 쉽겠지만, 다른 나물이 풀들 틈에 숨어있는 거라면 나는 봐도 알아보지 못할 것 같다. 운동기구 옆 벤치에 장 본 것들을 내려두고 앉아서 마늘을 까고 있는 할아버지를 보았다. 족히 반 접은 되어 보이는 양이었다. 할아버지 옆에는 장바구니에서 삐져나온 수박이 얌전한 강아지처럼 일이 끝나기를 기다리고 있었다. 바람이 좋아서 집에 바로 들어가긴 싫으셨던 걸까, 마늘도 밖에서 까면 좀 기분 전환이 되려나, 그런 생각을 하는데 "지나가겠습니다!" 씩씩한 목소리로 양해를 구하며 자전거 탄 여자가 지나갔다. 몇 걸음 더 걷다 보니 개천에서 아파트 단지로 향하는 가파른 오르막길에서 아까 그 여자가 페달을 힘주어 밟으며 고군분투하고 있다. "할 수 있어! 할 수 있어!" 혼잣말로 스스로를 응원하면서. 나도 속으로 응원을 보냈다. '할 수 있다! 할 수 있어요!'

어쩌면 나는 이 삶의 목격자가 되고 싶은 걸까. 그러니까 골목길을 걸을 때, 천변을 산책할 때, 나는 환한 낮에도 손전등을 들고 걷는 사람의 마음이 된다. 삶의 평범한 순간들에 동그랗게 빛을 비추어 여기 이런 장면이 있구나, 이런 이야기가 있구나, 다른 이들도 함께 들여다보게 하는 사람이 될 수 있다면 좋겠다. 쓰는 사람으로서 드물게 욕심이 날 때는 바로 그런 순간.

평생을 산대도 비추고 싶은 장면이 부족할 일은 없을 것이다. 그런 안도와 기대 속에서 매일 손전등을 고쳐 잡는다.

# 어쩌면 오늘이
# 오래도록 기억에 남겠지

———

    몇 달 전 강과 함께 차를 타고 신림동을 지날 일이 있었다. 전철역 사거리를 지날 때 차창에 바짝 붙어 하나, 둘, 셋, 하고 스치는 골목들을 세어보았다. 그새 많은 것이 사라지고 새로 생겨났지만, 네 번째 골목 익숙한 기울기의 오르막만은 알아볼 수 있었다. "여기다! 편의점 사잇길로 올라갔잖아." 신림동에 살던 건 대학 생활 마지막 학기에 친구와 투 룸을 얻었을 때니까 대략 13년 전쯤. 강과 연애를 시작한 지도 얼마 안 됐을 때였다. 추억이 서린 동네를 지나니 괜히 애틋한 마음이 들어 근처에 차를 세우고 한번 옛집을 찾아 걸어보기로 했다.

익숙한 골목으로 들어서긴 했는데, 벽돌색 다세대 주택은 다 거기서 거기 같았고 그사이 신축 건물로 바뀐 데도 많아 자신이 없어졌다. 주소는 진작 까먹었는데. 그래도 혼자가 아니라서 2인분의 기억을 끌어올 수 있었다. 집 앞에 바로 가파른 오르막이 있었고, 마당엔 감나무가 있었잖아. 아, 그 오르막으로 맨날 야식 배달 오토바이가 다녀서 제대로 자질 못했어. 그런 얘길 나누면서 기억을 되짚어가다가, 우린 동시에 서로의 얼굴을 돌아보았다. 이 집이었다. 감나무가 있는 집, 오르막 옆에 있는 집. 그사이 나이를 먹어 더 낡아버린 건물 앞에 서니 묘한 기분이 들었다.

여기 101호였지. 계단 반 층을 올라가서 문을 열면 조금 들떠있어서 밟을 때마다 소리가 나던 노란 장판과 오래된 싱크대가 있었다. 내 것이 아니기에 뭐 어떻게 더 바꿔볼 생각도 하지 않고 살았던 집. 지금 들어가 보면 좁을 텐데 그땐 처음 얻은 투 룸이라 집이 넓어졌다고 좋아했었지. 이 집에서 우린 연애도 하고 공부도 하고 웃기도 하고 울기도 하고… 숱한 일을 겪었다. 그때는 창 바로 아래에 닿았던 감나무가 이제는 2층 높이까지 훌쩍 자라 푸른 잎을 흔들고 있었다. 감나무가 이만큼 자랄 정도의 세월이었구나.

처음 이 동네에 이삿짐을 풀던 날, 시장의 주방용품 가게 같은 데서 스테인리스 빨래 건조대를 샀는데 그 큰 걸 이렇게도 저렇게도 잡아보다가 영 불편해서 등에 이고 오르막길을 오르던 기억도 났다. 뒤에서 각종 생활 잡화가 든 비닐봉지를 들고 따라오던 룸메이트와 강이 우스꽝스러운 내 뒷모습을 보고 깔깔 웃었더랬다. 강은 아직도 신림동 그 골목길을 내가 '빨래 건조대를 어부비한 채로 오르던 곳'이라고 기억한다. 놀리면서 찍었던 그 사진은 어디에 남아있으려나. 왜 지나간 시절은 그렇게 장면 장면으로민 떠오르는 걸까.


강이 내 등에 업힌 빨래 건조대를 기억하는 것처럼, 나도 기억하는 장면이 하나 있다. 이사한 지 얼마 안 된 나를 위해 강이 어디선가 중고 청소기를 구해왔던 기억. 당시 강은 '비노'라는 50cc 스쿠터를 타고 다녔다. 중고 판매자로부터 청소기를 넘겨받은 강은 이걸 어떻게 신림동까지 들고 가나 고민하다가 '나 좀 천잰데?' 하는 생각에 이르렀다. 커다란 백팩에 청소기 몸체를 넣고, 가방에 들어가지 않는 호스와 헤드 부분은 삐죽이 꽂은 채로 정릉에서부터 신림까지 한 시간을 달렸다. 현관문을 열었을 때 밤바람에 양 볼이 빨개진 강이 의기양양한 얼굴로 등딱지를 보여주었다. 보자마자 닌자 거북이가 생각났다. 고마운데 웃기고, 웃긴데 애틋해서 그 후로도 유선 청소기만 보면 '닌자 거북이…'라고 생각했던 기억이 난다.

그 후 세월이 흐르는 동안 우리에게 이런저런 일이 일어나고 내가 강에게 화를 내거나 서운해질 때면 친구 Y는 자신이 보지도 않은 이 장면을 되짚으며 늘 말하곤 했다. "그래도 걔는 그런 애잖아." 나도 안다. 강은 그런 애였다. 가진 게 없어도 다정이 많던 애. 빗소리를 좋아하는 나를 위해 비가 오면 자다가도 엄지발가락으로 창문을 조금 열어두던 애.

어느 밤엔가 신림역 앞 '포도몰' 건물 화단에 앉아 나눠 먹던 김밥 같은 것도 생각난다. 왜 식당에 들어가지 않고 그런 데서 김밥을 먹었는지 모르겠지만 어쨌든 그런 밤도 있었다. 그때 나는 감기에서 막 나아가던 중이었다. 강이 김밥을 먹는 내내 저녁이 김밥인 걸 미안해해서 더 기억이 난다. 자주 앉아있던 편의점 테라스 자리, 눈이 오면 내려갈 엄두가 나지 않던 가파른 골목, 강의 스쿠터를 타고 자주 한강을 건넜던 기억. 겨울에 스쿠터를 타고 집으로 돌아와 옷을 벗으면 칼바람을 맞은 무릎과 허벅지에 붉은 두드러기가 오소소 올라와 있던 것. 그게 꼭 그 시절의 우리 같았다. 나 괜찮은데, 안 추운데, 안 아픈데, 하고 지나왔는데 막상 몸의, 마음의 어딘가를 열어보면 다친 후 아문 흔적이 있던.

김밥으로 시절을 나누는 게 가능하다면 그때는 '일반 김밥'만 먹던 시절이었다. 다른 선택지는 없었던 시절. 아무리 많은 선택지가 나열되어 있어도 고를 수 있는 게 거기까지였던 시절. 생일이면 크림 파스타를 좋아하던 강을 위해 '프리모바치오바치'라는 레스토랑에 가서 파스타를 먹었다. 기념일이니까, 하는 마음으로 가능했던 최대의 사치였다. 나중에 돈 벌면 어떤 레스토랑에 앉아있을까? 상상해 보려 했지만 겪지 못한 걸 구체적으로 상상하기란 어려웠다. 그 무렵 소개팅을 하고 돌아온 (구)룸메이트는 전화를 해서 이렇게 말했다. "내가 파스타를 먹을지 리조또를 먹을지 고민하니까 그 오빠가 두 개 다 시키면 되죠, 많으면 남겨요, 이러는 거야." 그런 얘길 무슨 비밀 얘기처럼 속삭였고, "대박!" 하면서 놀라던 시절이었다. 소개팅남은 자신이 고른 피자까지 무려 세 개의 메인 메뉴를 테이블에 펼쳐놓고 웃었다. 친구는 그 직장인 오빠와 사귀기 시작했다. 그게 뭐라고 그땐 그게 친구들 사이의 화제였는지 모르겠지만 어쨌든 우리에겐 목표가 생겼고, '메인 메뉴 세 개를 시키는 삶'을 향해 취업에 박차를 가했다.

신림동에서 보문동으로 이사한 후, 나와 강은 차례로 취직을 했다. 강의 본가는 거기서 스쿠터로 15분쯤 걸리는 거리에 있었고, 그래서 이젠 한강을 건너지 않아도 언제든 만날 수 있었다. 비노를 탄 지 몇 년째여서 (이렇게 말하고 싶지 않지만) 주인의 발소리를 알아듣는 개처럼 나는 4층 집 안쪽에서도 단번에 강이 타고 온 스쿠터 소리를 구별할 수 있게 되었다. 말하자면 그건 다른 모든 스쿠터와 비슷하게 생긴 단 하나의 스쿠터였으니까. 전깃줄이 늘어져 있던 좁은 골목 입구에 스쿠터가 들어섰을 때부터 귀로 눈치를 챘고, 창 아래서 스쿠터 소리가 멎으면 나는 매번 정답을 맞히는 얼굴로 낡은 미닫이 창문을 열고 강을 불렀는데, 한 번도 틀린 적이 없었다. 그게 나의 자부이던 시절이었다.

그 무렵 우리의 데이트란 정말 별게 없었다. 누가 누가 간판에 적힌 한글 서체 느낌을 더 잘 살려서 읽나 내기하며 모르는 동네 걷기, 산책하면서 개천 옆에 있는 빌라들 중 나중에 살고 싶은 곳을 골라보기, 동네에서 어떻게든 둘이 5미터 정도 벌려 설 수 있는 공터를 찾아내어 배드민턴 치기, 치다가 나뭇가지 위에 걸려버린 셔틀콕을 향해 채 집어 던지기, 그러다 채가 한 입 베어 문 호빵맨처럼 찌그러진 것을 보며 슬퍼하기 등. 시시한 일들만 하는 것 같은데 시간이 너무 잘 갔고, 웃다가 헤어지면 젊은 날의 불안함은 뒤로하고 사는 게 안심이 됐다.

자취방을 분리형 원룸으로 옮겼을 때 강과 나는 그 공간의 나뉨만으로 기뻐했다. 이제 찌개 냄새가 옷에 배지 않을 거야! 그 집 주방 겸 거실은 정말 좁았다. 어느 날은 취사를 누른 밥솥이 방바닥에 있다는 걸 깜빡 잊고서 청소를 하다 앉는 자세를 취했고, 마침 밥솥이 그때 증기를 뿜기 시작했고, 증기가 나오는 구멍 위에 앉은 나는 허벅지 뒤쪽에 500원짜리 세 개만 한 화상을 입었다. 아프고 쓰라린 와중에도 밥솥에 앉아 궁둥이에 구멍이 나다니 이게 무슨 일인가 싶어 웃음이 터졌다. 아는 사람은 알 것이다. 아픈데 웃길 때가 진짜 짜증 난다. 우는 것도 웃는 것도 아닌 모양새를 나는 '읗음'이라 불렀는데 그때 바로 읗음을 터뜨렸다. 그 후 2주간을 엎드린 채 자야 했다. 흉터는 2년도 넘게 간 것 같다. 강과 나는 그 흉터를 볼 때마다 밥솥을 떠올렸다. 밥솥 입장에서는 아 저기 잠깐만!!! 하며 머리 위로 두 손을 든 채 나를 막고 싶지 않았을까.

흉터를 보며 우리는 다음번엔 꼭 밥솥에 데지 않는 더 넓은 집으로 이사 가자고 약속했다.

그 사건 때문만은 아니지만, 강이 취직하고 2년쯤 후 내가 살던 월셋방의 두 번째 만기가 돌아오면서 우린 전셋집을 구할 맘을 먹게 됐다. 양가에는 어차피 같이 지내는 시간이 많은데 월세도 아까우니 함께 전셋집을 구하겠다는 (가벼운) 통보를 했는데, 어른들은 그게 우리가 결혼하겠다는 말인 줄 알고 상견례 준비를 했다. 그게 아니라, 라고 말할 타이밍을 놓쳤을 땐 결혼식장에 들어서고 있었다. 그렇게 우리는 서른둘에 결혼을 했다.


한번은 강과 내가 스물여섯부터 만났다는 얘기를 들은 후배가 말한 적 있다. 그 어렸던 시절의 기억을 공유하고 있으니 얼마나 좋으냐고. 그런가. 1년 뒤의 내가 뭐가 되어있을지 뭐가 되어있기나 할지 전혀 모르겠고, 잔고가 만 원이 안 돼 출금을 못했다는 말은 애인 앞에서도 할 수 없고, 그런데 일단 오늘 만나니 또 반갑네! 하며 하루를 보내던 어설프고 촌스럽던 시절에 서로가 곁에 있었다. 한쪽이 잊어도 대신 기억해 줄 수 있는 시간들이 그런 식으로 쌓였다. 가끔 옛날 사진을 들춰보면 동글뱅이 안경을 쓰고 이상한 티셔츠를 입고 있는 강이 너무 촌스러워서 "내가? 이런 애를 좋아했다고? 내가??" 싶어지지만. 그때가 좋았다는 말은, 함께 기억해 줄 사람이 있을 때 성립되는 말 같기도 하다. 지나간 시절이 대화 속에서 매번 새로워질 때, 그 시간을 추억이라 부르는지도.

이제 우리는 회사를 10년 넘게 다닌 어엿한 사회인이다. 메인 메뉴 세 개를 시킬 수는 있지만 다 먹기엔 소화력이 약해진 나이가 되었다. 요즘엔 가격을 보고 망설이다가 무언가를 과감히 사버리거나, 기념일을 맞아 '먹는데 이 정도로 돈을 써도 되나' 싶은 것을 먹을 때 서로에게 이런 농담을 건넨다. "야아- 출세했다." 팔꿈치로 쿡 찌르듯이 하는 말. 꺼내놓고 같이 웃는 말. 졸업반일 때부터 각자 직장을 갖는 모습을, 또 각자 결혼하는(?) 모습을 보면서 우리는 여기까지 왔다. 예전 같으면 욕심도 못 냈을 저녁 식사를 할 때, 여행지에서 하루쯤 좋은 방에서 잘 때, 어색하면서 짐짓 즐기는 척하는 서로를 자꾸 놀리고 싶어진다. 내가 이런 걸 누려도 되는 걸까. 좋은 게 내 몫이 아니라고 생각하거나 좋으면 동시에 불안해지는 습성이 있는 내게 강은 배를 두드리며 말한다. "어이, 즐길 수 있을 때 즐겨 둬." 앞으론 더 좋아질 일만 남았다는 빈말보다 이상하게 그 말이 안심이 된다. 내 몫으로 온 잠깐의 행복이라면 재빨리 누려버려야지.

어떻게 살고 싶었어? 물어보면 지금 사는 삶의 그 어느 것도 구체적으로 떠올린 적은 없는데, 그 시절 우리가 이루고 싶었던 것은 이미 다 이룬 것 같은 기분이 든다. 언젠가 강이 말한 적 있다. 돈을 빌고 난 후로 선택지가 많아졌다고. 망설이거나 포기하게 되는 것들이 줄어든다고. 일반 김밥의 시절은 가고 키토 김밥의 시대가 온 것인가… 속으로 중얼거리다 그게 지금으로도 충분하지 않느냐는 말이란 걸 알아듣는다. 이걸로 됐다고 여길 때마다 우리가 자주 하는 말 "충분히 충분해!"처럼. 그건 이렇게도 들린다. 우리가 무엇이면 충분했던 사람들이었는지 잊지 말자고.

가난이 우리를 정말 가난하게 만들지는 않았던 것처럼. 불행이 우리를 정말 불행하게 만들지는 않았던 것처럼.

그렇게 생각하다 보면, 멀리서 오는 파도를 보며 서로 손깍지를 끼고 서있는 기분이 든다. 저 파도가 얼마나 커질지, 실은 발 앞에 다 와서 부서져버릴지 알 수 없지만 손을 놓지 않고 또렷이 앞을 보는 기분. 괜찮겠지? 그럼. 신림동 옛집을 찾아갈 때처럼, 2인분의 기억과 용기가 함께한다면 분명 길을 찾아낼 수 있을 것 같다.

# '명문가'의
# 작은 세계

지난여름, 생일도라는 섬에 갔을 때 숙소 옆에서 이런 표지판을 보았다.

## 멍 때리기 좋은 곳 300m →

그런 걸 알려주는 섬도 있나? '굳이?' 싶어지는 오지 랖 넓은 안내에 호기심이 들었다. 검색해 보니 이 섬에는 완도군에서 무려 '공식 지정한' 멍 때리기 좋은 곳이 세 군데 있었고, 마침 그중 하나인 '너덜겅'이 숙소 옆이었다.

멍 때리기 좋은 곳이라니 그거야말로 '멍당' 아닌가! 장단 맞추는 기분으로 이튿날 아침 화살표 방향을 따라 숲길로 발을 들였다. 5분여를 걸었을까, 나무가 듬성해지며 하늘이 탁 트인 곳에 어제 사진 속에서 본 그 표지판이 나타났다. 여행자인 걸 눈치채고 묻지도 않은 걸 알려주는 마을 이장님처럼 표지판은 멍의 정의부터 읊고 있었다. '멍 때리기란? 혹사당하는 현대인의 뇌에 충분한 휴식을 주어 에너지를 얻게 하는 정신건강 운동.' 그 아래로는 멍 초보들을 위한 '멍 잘 때리는 방법'도 덧붙여있었다.

-편하게 앉는다.

-휴대 전화를 가까이 두지 않는다.

-노래, 독서, 잡담 안 하기, 웃음 안 웃기, 음식 안 먹기

노래와 독서와 잡담은 애초에 할 생각도 없었으므로 자신이 생겼다.

'너덜겅'은 순우리말로 '돌이 많이 흩어져 있는 비탈'이란 뜻인데, 과연 표지판 너머로 커다란 바위들이 산비탈

에 폭포수처럼 흘러 내려와 있었다. 바위산 앞으로 펼쳐진 것은 푸른 파도가 넘실대는 다도해. 간밤에 내린 비로 풍경은 말갛게 씻은 듯 깨끗했다. 높이 올라갈수록 시야가 트일 것 같아서 조금 욕심을 내 바위를 오르고 또 올랐다. 중턱쯤 올랐을 때, 누워 있기 좋은 판판한 너럭바위가 보였다. 오늘 멍당은 여기다. 반듯이 누워 멍의 자세에 들어갔다. 멍의 시작 단계에서 매번 느끼는 거지만, 아무리 생각해도 '때린다'는 서술어는 '멍'과 어울리지 않는다. 오던 멍도 달아날 것 같은 기분. 멍에는 보다 천천히 스며드는 상태, 점점 빠져드는 상태에 어울리는 말이 필요하다. 지금처럼 이렇게 멍며드는······.

이른 아침, 잠에서 깨어나는 섬이 내는 온갖 소리가 하나둘 들려오기 시작했다. 새소리, 파도 소리, 바람이 나무를 흔드는 소리, 양식장을 오가는 배의 모터 소리···. 여기 오기까지 목적지를 찾아 바삐 걷는 동안엔 제대로 느끼지 못했던 소리였다. 높은 곳에선 바람이 제법 부는지 구름이 빨리 감기를 한 것 같은 속도로 흘러갔다. 하늘을 무대 삼아 이편에서 등장해 옷자락을 펄럭이며 저편으로 사라지는 무용수들 같았다. 눈으로는 구름 멍을, 귀로는 파도 멍을 하는 시간. 이런 걸 다 누려도 되나 싶은 동시에, 내가 이 중요한 순간 안에 온전히 머무르고 있다는 게 느껴졌다. 그럴 때 나는 어김없이 기쁘다. 마땅히 해야 할 일을 하고 있는 것 같아서. 이상하다. 멍의 시간을 갖는 것뿐인데 왜 잘 산다는 기분이 드는 걸까?

캠핑이 좋아진 것도 멍의 시간 덕분이다. 1년에 몇 번씩 가는 가평의 한 캠핑장에는 내가 제일 좋아하는 '멍당' 사이트가 있다. 나무 계단을 밟고 올라가 데크 위에 캠핑 의자를 펴면, 강 건너편 은사시나무 세 그루가 보이는 자리. 이파리 앞면이 초록, 뒷면이 회색인 은사시나무는 바람이 불면 꼭 반짝반짝 빛을 내는 풍경 수백 개를 달고 있는 것만 같다. 초여름에 그곳에 앉아 이쪽을 향해 반짝이며 손 흔드는 이파리들을 보고 있으면 더 바랄 게 없어진다. 나무 멍을 하다가, 볕 좋은 날 강물 위로 반짝이는 윤슬 멍을 하다가, 밤이 내리면 불 멍과 별 멍까지 할 수 있으니 캠핑은 '멍'으로만 짜인 시간표 같다. 한번은 강이 땔

감을 정리하다 말고 모닥불만 하염없이 바라보는 나를 보고 말한 적 있다. "……얼굴이 정말 멍 그 자체야."

하, 나 좀 멍문가인가? 이렇게 또 하나의 재능을 발견해 버렸네.

그때부터 나는 정성스럽고 꾸준하게 멍문가의 길을 걷기로 다짐했다. 캠핑 가서 뭘 더 하려고 하지도, 장비를 늘리지도 않는다. 충분한 멍의 시간을 확보해야 하기 때문이다.

휴식의 의미는 사람마다 다르겠지만, 내게는 쉼과 멍이 이음동의어 같다. 멍의 순간에는 어떤 조급함도 끼어들 틈이 없다. 느린 호흡과 느린 시선과 느린 마음으로만 이루어진 세계. 그 안에서 나는 호두과자 속 팥 앙금에 감싸인 호두 같은, 완두콩 꼬투리 속 4번 콩 같은 아늑함을 느낀다. 이 세계가 나를 감싸고 있다고, 내가 할 일은 이대로 '존재'하는 것밖에 없다고 느끼는 순간이다.

멍이 익히 안다고 생각하던 것을 다시 보게 하는 일이어서도 좋다. 파도가 저렇게 밀려오는 거였구나. 먼바다에서부터 전할 소식이 있는 것처럼 달려오다가 마음이 점점 급해진 사람처럼 해안에 도착해 넘어지는구나. 나뭇잎은 바람에 저렇게 흔들리는구나. 하나 둘 셋 넷……. 지금 이 숲에선 네 종류의 새소리가 들리는구나. 그러다 보면 저 나무의 이름이, 새의 이름이 궁금해지고, 찾아보면 매번 몰랐던 이야기가 숨어있다. 반가워서 어딘가에 적어둔다. 다음에 누군가를 만나면 들려주고 싶어서. 그거 알아? 오솔길은 오소리가 다녀서 만들어진 길이래. 멍의 끝에서 무언가가 궁금해지고, 몰랐던 이야기에 닿는 순간이 좋다. 살면서 한 번도 궁금해한 적 없었던 것, 그런 게 알고 싶어진다. 당장 오늘의 저녁 식사에, 내일을 살아내는 데 도움이 되는 얘기도 아닌데 그런 게 좋다.

요즘은 무엇에든 '멍'을 붙인다. 구름 멍, 하늘 멍, 바람 멍, 숲 멍, 나무 멍, 노을 멍, 바다 멍, 파도 멍, 달 멍……. 아름다운 것 앞에서 시간을 멈출 줄 아는 사람이 되고 싶어서. 글쓰기가 실은 이 세계의 받아쓰기 같다고 느꼈던 날을 기억한다. 자연의 언어를 잘 받아쓰는 사람이 되고 싶다고 생각했던 것도. 나는 그 일에 번번이 실패하지만 실패 속에서 안도한다. 그것은 이 세계의 정교하게 세공된 아름다움에 기꺼이 지는 일이기도 하므로. 쓰려던 손을 멈추고, 바라보는 눈과 듣는 귀로 돌아가는 일이기도 하므로.

빈 시간을 어떻게든 메우려고 하던 때를 지나, 이제 시간에 일부러라도 동그란 웅덩이를 만드는 시절에 접어든 게 좋다. 비로소 그런 걸 아는 나이가 되어 다행이라고 생각하다가 문득 어떤 뒷모습을 떠올린다. 마당에서 개미들이 줄지어 가는 모습을 곰곰이 바라보는 뒷모습. 소나기가 그친 오후, 거미줄에 맺힌 쌀알만 한 빗방울들을 세고 있는 뒷모습. 자주 멈춰 서서 자주 골똘해졌던 그 뒷모습이, 어린 시절의 나라는 걸 알아본다. 그랬었지. 시골에서 자라는 동안 나는 무언가를 골똘히 보는 아이였다. 처음엔 빈집에 혼자 남아 적막함과 어둠을 견디려고 시작한 일이었지만, 점차 무언가를 오래 바라본다는 행위 자체에 매료되었다. 바라봄이 길어질수록 내가 점점 작아지는 기분이 좋았다.

하나의 풍경을 오래 바라볼 줄 아는 사람.

그 시간이 지루하지도 무용하지도 않다고 여기는 사람.

늘 그런 사람이 되고 싶다고 생각했는데, 그런 나는 미래에 있는 게 아니라 오래전부터 이미 같이 있었다는 사실. 너무 많은 것들이 그 위로 쌓이고 덮여서 보지 못하다가, 이제야 젖은 낙엽을 들춰내 찾아낸 듯한 기분. 거기 있었구나.

우리는 이제 같이 나무를 보고, 달을 보고, 노을을 본다. 다 커서 찾은 어릴 적 친구처럼 붙어 다닌다. 무엇이든 처음 보는 것처럼 바라본다. 어제와 달라진 점을 찾는다. 바라보는 그 순간에만 존재하는 유일무이한 풍경을 가진다. 이 세계의 아름다움을 충분히 누린다. 이상하다. 멍의 시간을 갖는 것뿐인데 왜 다시금 살아가는 방법을 배운 기분이 들까?

삶의 여백에 앉아서만

볼 수 있는 풍경이 있어요.

# 이야기를
# 기다리는 사람

———————

걸어서 한 시간 정도 걸리는 거리까지는 '동네에 저녁 먹으러 간다' 하는 가벼운 기분으로 나갈 수 있다. 강과 내가 둘 다 걷는 걸 좋아하기 때문이다. 당근마켓에서 매물을 볼 동네의 범위를 설정할 때처럼 '여기까지 우리 동네라고 치자' 하는 범위가 꽤나 넓은 편이다. 강과 나는 '근처 동네 열다섯 개'를 기준으로 설정한 사람들처럼 걸어 다닌다. 딱히 겹치는 취미가 없는 우리에게 1) 많이 걷는다. 2) 목이 마를 때쯤 목을 축이러 어딘가에 들어간다 (술 마신다는 소리). 이런 마음 맞는 활동이 있는 건 다행한 일이다. 그런 식으로 요즘은 동네 언저리의 어딘가를 배회하며 '이 골목의 변화를 내가 다 지켜봤지' 싶은 낯빛의 오래된 가게를 찾아내는 재미에 빠져 있다. 일단 그런 곳은 간판으로 먼저 눈치챌 수 있다. 수더분한 인상으로 묘하게 말을 걸어오는 듯한 간판들. 오늘 아침에 멀리 사는 친구가 '어제 발견한 귀여움'이라며 보내준 사진이 생각난다. 오래된 새시 문에 이런 말들이 적힌 철학관이었다.

사주풀이로 인생 상담
신수 궁합 작명 택일
집터 묘지 명당 감정


이 많은 일을 거뜬히 해내는 철학관의 이름은 이랬다.


福을 짖는 철학관


하긴 복을 크게 외쳐야 복이 오지. 묘하게 설득되는 오타에 웃음이 터져서 바로 친구에게 복! 복복! 복! 하며 짖

어댔다. 은혜를 아는 나는 보답할 사진을 찾아 휴대폰을 뒤져보았다. 초여름에 우연히 들른 낯선 고장의 낯선 가게 벽면에는 이런 말들이 쓰여있었다. "시간이 나서 널 찾는 사람 말고 시간을 내서 널 찾는 사람을 만나." "인생 뭐 있나. 먹고 싶은 거 먹고, 하고 싶은 거 하고, 가고 싶은 데 가고, 보고 싶은 사람 보며 사는 것. 그게 인생이지." 사랑이 뜻대로 되지 않는 친구의 넋두리 같기도 하고, 인숙 씨가 절인 배추에 김칫소를 채워 넣으면서 내놓는 말 같기도 하다. 오래된 가게들은 아무튼 이런 식이다. 가만있는데도 이야기를 만들어낸다. 그러니 빠져들 수밖에.

서울에서 세월이 오래된 골목길만 골라 살았던 시절에 비할 바는 아니지만, '신도시'라 불리는 이곳에도 더 이상 새롭지 않은, 터줏대감이라 불릴 만한 집들이 있다. 그런 곳의 빨간색 플라스틱 테이블에 앉아서 메뉴판을 뒤적이며 생각한다. 고향 집 앞의 포장도로가 세월이 흘러도 영원히 '신작로'로 불리는 것처럼 세월의 더께가 쌓여가는 동네가 여전히 '신도시'로 불리는 일에 대해서. 오래

된 신도시는 거미줄처럼 얽힌 골목 대신 바둑판처럼 반듯한 골목을 가지고 있지만, 그 안으로 발을 디디면 어김없이 '나도 더 이상 젊지만은 않은데…' 하는 표정의 가게들이 모여있다. 그렇게 여기다, 싶은 가게를 만나면 속으로 빙고를 외치며 들어간다.

그렇다. 이것이 요즘 나의 취미다. 아직도 낯선 데가 많은 새 동네에서, 오래되어 보이는 가게를 찾아내고, 단골처럼 익숙한 척 들어가 자리를 잡고, 귀를 쫑긋 세우게 되는 대화가 들려올 때까지 기다리는 일. 최근에는 바깥에 앉아 생맥주를 마시기 좋은 골뱅이집을 발견했다. 메뉴판에서 '치킨뱅이'를 발견했을 땐 20대로 돌아간 것 같은 기분마저 들었다. 내가 그동안 치킨뱅이의 존재를 잊고 살았구나! 먹고살기 바빠 그동안 뭘 잘못하며 살기라도 한 것처럼 놀랐다. "여기 500 두 잔이랑 치킨뱅이 하나 주세요"라고 말할 땐 스무 살에 좋아했던 사람의 이름을 다시 발음하는 것처럼 좀 설렐 지경이었다. 기본 안주로 나온 과자를 '쟈각쟈각' 씹다가, 그러고 보니 대체 이 과자의 이름은 뭘까 궁금해져 검색을 해보고, 나 같은 사람들이 많았다는 걸 알게 되어 좀 웃었다. 답은 허무하게도 모양이 마카로니를 닮아 '마카로니 과자.' 뻥튀기의 '뻥'을 붙여 '마카뻥'이라 부르기도 한다고. 오래 봐서 익숙하지만, 이름은 모르는 것들이 세상엔 얼마나 많을까. 그런 생각을 하는 사이 튀김옷이 얇은 옛날 치킨과 채 썬 파가 잔뜩 들어간 골뱅이무침이 반반씩 나왔다. 치킨뱅이, 2022년의 치킨뱅이였다.

가게를 등지고 앉은 내게 강이 이 가게가 몇 연도부터 장사를 시작했을지 맞춰보라고 했다. 세 번의 기회를 주겠다고. 1994? 다운, 1981? 업! 하는 사이 늘상 그렇듯 기회를 다 날려버렸고, 정답은 1986이었다(쓸데없는 것에 진지해지는 편). 문제를 맞히지 못해 한 잔. 이 가게가 이토록 오래된 것을 기념하며 또 한 잔. 그러니까 이런 가을 저녁엔, 요즘 스타일의 인테리어를 갖춘 새로 생긴 가게보다 한 자리에 나무처럼 오래 서있었던 것 같은 가게에 앉아 마카로니 과자를 집어 먹는 게 낭만이다.

사장님은 차양 아래 간이 테이블 위에서 곰국 같은 무

언가를 오래 끓이고 있었고, 놀러온 옆집 개에게 고기 줄까? 대답해야 주지, 대답을 왜 안 해, 배불러? 하면서 말을 걸고 있었다. 그런 풍경을 보며 한갓진 기분에 젖는 게 좋다. 서두를 게 하나도 없는 사람처럼 앉아있다 보면 나보다 훨씬 전에 이 집의 단골이 되었을 사람들이 들어오고 나가면서 나누는 대화가 들린다. 시골 슈퍼 앞의 평상이나 느티나무 아래 정자 같은 데서 듣는 것처럼 정감 어린 이야기들.

하루는 파인애플 트럭 아저씨가 반 자른 파인애플을 한 손에 든 채로 도롯가에 앉아있는 옆 테이블 손님들에게 다가왔다. 파인애플 좀 드셔보세요. 아, 괜찮습니다. 일행과 이야기하느라 거절한 사람에게 아저씨가 웃으며 거듭 말했다. "아유, 저도 먹고살아야 돼서 그래요. 진짜 달아요. 맛이라도 봐요." 혹시나 날 선 말이 오갈까 봐 마음을 졸이고 있는데, 바로 맞은편에 앉아있던 남자가 손을 뻗으며 말했다. "주세요, 제가 먹을게요." 파인애플 아저씨는 맛없으면 무조건 환불이라고, 당도는 자신의 이름을 걸고 보장한다며, 파인애플 한 조각이 들어간 남자의 입이 열리기만을 기다렸다. 다 먹은 그가 손가락 네 개를 펼쳐 보이며 파인애플 네 통을 사겠다고 했다. "아, 형님! 내가 진짜 고마워! 진짜 진짜 고마워! 빨리 가져올게요!" 남자보다 파인애플 아저씨 나이가 더 많아 보이는데, 아저씨는 끝까지 그를 형님이라 부르며 신이 나서 트럭으로 뛰어갔다. 남자가 일행들에게 말했다. 이따가 집에 갈 때 한 봉지씩 들고 가라고. 애들이랑 나눠 먹으라고. 그래서 네 개를 주문한 거였구나. 어쨌든 모두가 14브릭스의 당도를 얻은 밤이었다.

그런 일이 벌어지는 동안 차양 반대편에서는 자꾸 길바닥에 눕는 아저씨 둘이 나타났다. 등산 배낭을 메고 등산화를 신고 있는 것으로 보아선 하산 뒤에 거하게 한잔한 모양이었다. 저렇게 취하면 등산해서 얻은 건강이 클까 술 마셔서 잃는 건강이 클까? 내가 셈을 하고 있자 강이 말했다. 건강이 아니라 즐거움을 재야지. 오늘 같은 하루가 집에만 있는 하루보다 얼마나 더 재밌겠어. 그러니까 산도 타고 술도 마시고 하는 거야. 4개월 더 살았다고 제법 그럴듯한 소릴 한다. 가게 앞으로는 담배 피우는 손님들을 위한 간이 의자가 두 개 놓여있었는데, 초록 배낭 아저씨가 파란 배낭 아저씨를 겨우 부축해 의자에 앉혀 두면 파란 배낭 아저씨는 이내 헐거운 모래 자루처럼 흘러내려 바닥에 눕기를 반복했다. 그래도 거북이 등껍질 같은 배낭이 쿠션 역할을 해줘서 다행이라는 생각을 하고 있는데, 아까 파인애플을 샀던 테이블에서 저러다 아저씨들이 다칠 것 같다며 지구대에 전화를 걸었다. 맥주 세 모금 정도를 마실 시간에 금세 나타난 지구대 순경들이 골뱅이집 앞에 누워버린 두 아저씨에게 다가갔다. 엄격한 말투와 어르고 달래는 말투를 번갈아 쓰며 그들을 택시에 태워 보내기까지 걸린 시간은 5분. 골뱅이집에 앉아있던 모두가 속으로 박수를 치는 게 느껴졌다.

오래된 가게에 앉아 새롭게 쓰이는 이야기를 주운 날에는 꼭 봄나물을 캐러 갔다가 가방이 불룩해져서 돌아오는 기분이다. 가는 길에는 쌀쌀한 바람에 추웠다가도 돌아오는 길엔 전혀 춥지 않은데, 그게 속을 든든히 채워서가 아니라 이야기를 채워서인 것 같은 날도 있다. 우리 더 추워지기 전에 또 가자. 바깥에 앉아야지. 아니다, 추워지고 나서도 가자. 분명 비닐을 쳐서 바깥 자리에도 앉게 해주실 거 같아. 강이 그런 얘기를 먼저 꺼내는 건 드문 일이어서 잊지 말고 '겨울에 할 일'로 적어둬야지, 생각한다. 비닐 안에 김이 서릴 겨울을 기다리면서, 그 전까지는 바깥 자리에 놓인 빨갛고 파란 플라스틱 테이블을 열심히 찾아다닐 것이다. 'since' 뒤에 이어지는 연도를 맞히고, 벽에 적힌 낙서들을 읽다가, 어김없이 정겨운 장면들을 만나야지. 올겨울 우리에겐 예정된 기쁨이 있다.

## 꿈에서도
## 시간이 없는 거야

———————

소바 집에서 마주 앉은 Y가 말했다. 오늘 아침에 슬픈 꿈을 꾸었다고. 식당 일을 나가는 Y의 엄마는 한 달에 딱 이틀만 쉴 수 있다. 꿈속의 Y는 그 귀한 이틀 중 하루에 엄마를 모시고 서울대공원에 갔다. 지난 휴일은 그냥 넘어갔으니, 어떻게든 다음 한 달을 기운 내 살아갈 수 있을 만큼 기억에 남는 하루를 보내고 싶었다.

연애하던 시절부터 대공원에 자주 간 Y는 그곳의 지리를 꿰고 있었다. 엄마한테 이것도 보여주고 저것도 보여주고 싶어 조바심이 나는데 꿈에서도 이상하게 시간이 없었다고 했다. 꿈속의 공기는 조금 노란빛을 띠고 있어서 이미 저물녘의 하늘 같았다. 휴일을 맞아 모처럼 둘이서 느긋한 하루를 보내고 싶었던 마음과 달리 시간에 쫓기듯이 여기저기로 걸으며 엄마 손목을 잡아끄는데 자기 손길이 너무 그악스러운 것 같아 속이 상하더라고.

그 와중에 엄마는 사위한테 뭐 하나 사주겠다고 기념품 가판 앞에서 한참을 서있더란다. 그런 조악한 것들은 집에 가면 다 쓰레기인데. 지금 코끼리 열차를 타러 가야 되는데. 초조해진 Y는 싫은 티를 잔뜩 내며 몇 걸음 떨어진 자리에 서있었고, 엄마는 그런 딸의 눈치를 보면서도 사위 손에 조그만 기념품이라도 쥐여주고 싶어서 신중하게 플라스틱 모형들을 들었다 내려놓기를 반복하고 있었고……. '나는 엄마를 위한다고 데려와서는 또 짜증만 내고 있구나.' '엄마는 꿈속에서도 멈칫멈칫 내 눈치를 보는구나.' 꿈속의 Y는 그런 생각을 하다가 슬퍼서 잠에서 깨어났다. 어차피 꿈이니까 좀 원하는 대로 흘러가 주었어도 좋으련만. 정작 하고 싶었던 일은 제대로 해보지도 못한 채, 엄마를 눈치 보게 만들었다는 미안함과 서글픔만

남기고서 끝나버린 꿈이라고 했다.

우리는 소바를 다 먹고 해가 지는 천변을 오래 걸었다. Y가 꿈에서 봤다는 하늘이 꼭 이랬을까? 나는 지난 어버이날 먼저 전화를 걸어온 엄마가 수화기를 붙잡고 아이처럼 울었던 일에 대해 얘기했다. 몇 해 전까지만 해도 안 좋은 일이든, 안 좋은 마음이든 자식이 신경 쓸까 봐 무조건 숨기려고만 하던 엄마가 이제는 울 일이 생기면 자식에게 먼저 전화해서 "오늘은 내가 마이 섧다" 말하게 되었다고. 그런데 나는 그게 반갑다고. 엄마가 충분히 약해진 게. 평생 기댈 줄을 모르고 살았다면 더 속상했을 텐데, 이제 나는 우는 부모를 달래주어야 하는 나이가 되었고 그게 좋다고. Y를 집에 데려다주고 혼자 돌아오는 길, 그 말이 계속 생각났다.

"꿈에서도 시간이 없는 거야"

생각하다 보면 끝내 슬퍼지는 말.

여름이 시작되기 전, 엄마와 아빠가 이사 온 새집을 보러왔었다. 서울에 온 지 꼬박 20년이 되어서야 엄마 아빠가 마음 놓고 자고 갈 수 있는, 방이 세 칸인 집을 얻게 되었다. 그동안 집이라 부를 수 없는 '방'에 사는 것을, 엘리베이터 없는 건물의 꼭대기 층에서 여름엔 덥고 겨울엔 춥게 사는 것을 엄마 아빠가 내내 속상해했다는 걸 알았기에 '집다운 집'에 살게 되었을 때 가장 먼저 두 사람을 부르고 싶었다. 아빠는 더러 친척 결혼식이나 병원 진료로 서울에 올 일이 생기면, 한사코 막차를 타고 집에 돌아가겠다고 우기곤 했다. 실제로 매번 그렇게 하셨고. 논에 물을 대야 해서, 할머니 밥을 차려드려야 해서, 핑계를 그렇게 대곤 했을 때, 그게 속상함과 불편함이 섞인 채 얼른 뒤돌아서고 싶은 마음인 것도 잘 알고 있었다. 고향행 버스를 타고 혼자가 되어서야 마음껏 속상해할 수 있는.

그런 엄마 아빠가 이번만큼은 당일에 내려가겠다는 말을 꺼내지 않았다. 고향을 떠나와 이루어야 하는 성공이란 게 있다면 그 순간 이미 이룬 것 같았다. 불편하거나 미안하거나 속상한 마음을 누구도 감추지 않아도 되는 집, 그런 집에 살게 된 것만으로. 동시에 내가 바라고 있는 줄 몰랐던 사실도 하나 알게 되었다. "우리 집에서 자고 가." 실은 내내 이 말을 하고 싶었구나. 어떤 말은 하고 난 뒤에야 얼마나 오랫동안 그렇게 말하고 싶었는지 깨닫게 되기도 한다. 그건 내가 여전히 혼용해서 쓰는 '우리 집'이라는 말이 나를 키워낸, 내 부모가 여전히 살고 있는 고향 집에서 내가 살고 있는 집으로 완전히 옮겨오는 일이기도 했고, 동시에 내 부모를 안심시키는 일이기도 했다. 두 사람은 내가 하고 있는 일이나 내가 쓴 책이 아니라 바로 이 집을 자식이 타지에서 무사히 자리 잡았다는 증거로 여길 테니까.

며칠 전부터 손님용 이불(드디어 이런 것을 사고 또 펴보게 되었다)을 햇볕에 말리고, 집 안 구석구석을 청소하고 그날 초대 요리는 뭐로 할지 강과 의논하며 손님 맞을 준비를 했다. 집에 온 엄마 아빠는 아파트를 낯설어하면서도 구석구석 구경했고, 우리가 준비한 음식들을 맛있게 먹었고, 지난 〈미스터 트롯〉 출연자들이 끝도 없이 나와 새로운 노래를 부르는 프로그램을 보다가 이부자리를 펴드리는 대로 잠자리에 들었다. 잠자리가 바뀌면 좀체 잠을 이루지 못하는 걸 알기에 사실 걱정이 되었다. 분명 잠을 설치시겠지. 닫힌 방문 너머에서 몸을 뒤척일 두 사람을 생각하며 덩달아 잠을 설친 밤이었다.

이튿날, 6시쯤 일어나 거실로 나왔는데 집 안이 고요했다. '애들 불편할까 봐' 깨고서도 밖으로 나오지 못하는 것일까 봐 부러 소리를 내서 쌀도 씻고, 어제 남은 설거지도 했는데 8시가 되도록 아무도 일어나지 않았다. 조금 더 이따가 엄마와 아빠가 부스스한 얼굴로 나란히 문을 열고 나오기에 물었다. "잘 못 잤지?" "폭 잤다. 어 있으니까 잠이 잘 오네." 아침밥을 먹으며 강과 내가 새벽 5시면 일어나 밭으로 가던 분들이 '늦잠'을 잔 데 놀라워하자 아빠가 말했다.

"문 바깥에 논밭도 없고, 두 할머니들도 안 계시고. 할 일이 없으니까 잠이 막 쏟아지대."

숟가락을 뜨다 말고 강과 나는 멈칫했는데, 아마 같은 생각을 하고 있었으리라. 그건 마치 평생 누적된 부족한 잠을 몰아서 잔 사람의 말 같았다.

늦은 아침을 먹고, 같이 주말 영화 프로그램들을 보고 있는데 엄마가 까무룩 졸기 시작했다. 버스 시간까지 조금 더 자겠다고 엄마와 아빠가 다시 방으로 들어갔다. 창문 바깥은 비가 올 것처럼 흐리고, 곤하게 자는 부모의 얼굴엔 피로가 가득했다. 이 피로는 몇 년 치 피로일까. 언제부터 쌓여온 피로가 고단한 얼굴에 표정처럼 내려앉아 있는 걸까. 하룻밤의 단잠으로 그중 얼마를 가시게 할 수 있을까.

고작 하룻밤인데, 아니 실제로 머물렀다 가는 시간은 24시간도 채 안 되는데, 그 시간을 빼기 위해 지난 며칠 동안 농사일을 미리 해놓느라 엄마 아빠가 얼마나 바삐 움직였을지 알고 있었다. 통화만 하면 엄마는 "느 집 갈라만 해둘 게 많아"라고 했으니까. 수확이 끝난 하우스 오이들을 정리해야 했고, 양파를 캐고 감자를 캐고 잡초를 뽑고 고추밭 줄을 새로 잡아줘야 했다. 그 사이 할머니들 식사를 챙겨야 했고, 알츠하이머가 심해지고 있는 할머니를 돌보고, 병원에 가서 약을 타 와야 했다. 할머니 두 분을 모시고 사느라 여행다운 여행 한 번 못 가본 두 사람이었다. 이 정도 짧은 외출도 큰맘 먹고 감행해야 할 만큼.

누군가 편한 삶을 가지는 데에는 얼마큼의 행운이 따라야 하는 걸까. 두 사람이 원하는 것은 늘 작은 것들뿐인데. 어제 집 앞의 다이소에 갔을 때 값싼 물건들 사이를 걸으며 신중하게 필요한 걸 고르던 엄마의 모습이 떠올랐다. 지금 쓰는 알로에 젤은 시장에서 8,000원이 넘는데 여기는 3,000원밖에 하지 않는다고 반색하며 세 개를 고르던 표정. 저녁을 먹고 후식으로 속이 노란 수박을 내어왔을 때 집에 돌아가서 심어보겠다고 수박씨를 휴지에 감싸 챙기던 아빠의 모습. 침대에 누워 여기선 산이 내려다보여 참 좋다고 말하던 모습, 꿈도 없이 곤한 잠을 잤다고 말하던 부스스한 얼굴. 그런 것만 마음에 맺혔다. 쉴 틈 없이 살아오다가 한숨을 내어놓듯 잠에 빠지는 게 어떤 기분인지 나는 짐작도 할 수 없을 것 같아서.

다시 터미널로 모셔다드리는 길, 요즘 뭐 필요한 게 없냐고 묻자 엄마는 우리 집 주방에 있던 '신통방통해 보이는' 계란 찜기를, 아빠는 《퇴마록》을 골랐다.

"퇴마록?"

"옛날에 읽다 말았는데. 그기 결말이 났다는데 우예 끝났는지 궁금하네. 구할 수 있으믄 구해바라."

무협 소설에 관심을 두고 산 적은 없어서 《퇴마록》은 그저 이름만 아는 유명 작품일 뿐이었다. 인터넷에 검색해 보니 《퇴마록》은 2001년에 완결이 났다. 20년 전이다. 그게 꼭 아빠와 나 사이의 시차 같아서 입을 다물게 됐다. 뭐 필요한 거 없어? 아빠는 쉴 때 뭐 해? 뭐가 보고 싶고 뭐가 궁금해? 세월이 이만큼 흐를 동안 그런 대화도 없이 살았구나. 떠나는 버스에 손 흔들고 돌아서서 바로 《퇴마록》과 계란 찜기를 주문했다.

며칠 뒤 엄마와 통화를 했다. 엄마는 기다렸다는 듯 계란 찜기 찬사를 늘어놓았다. 조그만 게 너무 편해서 매일 쓰고 있다고. 새참으로 삶은 계란만 한 게 없는데, 8분을 익히면 반숙, 10분을 익히면 완숙인 걸 알아냈다고. 옆집 아지매한테도 선물하고 싶다기에 같은 것을 주문해 주기로 했다. 아빠는 요즘 한낮의 더위를 피해 일을 쉴 때마다 옥상에 올라가 《퇴마록》을 읽고 있다는 근황도 전해주었다. 곧 20년 동안 궁금했을 그 '결말'에 닿게 되겠지. 짠하기도 하고 미안하기도 해서 나는 그냥 웃는다. 그런 게 필요했구나. 그걸 몰랐구나 싶어서.

두어 달에 한 번씩 부모를 만나 밥상 앞에서 일굴을 마주할 때면 더 늙어있는 걸 느낀다. 입가에 밥풀이나 김 같은 것이 붙었다고 말해주거나 더러 떼어줄 때면 내가 부모를 돌보는 사람이 된 것 같다. 내 입가에 묻은 그 많은 밥풀들을 엄마가 떼어주었겠지. 식탁 위에서 팔을 뻗는 우리의 위치가 바뀐 것이 생경해 가끔 내 나이가 몇이더라? 엄마가 올해 몇이지? 셈을 해본다. 엄마 아빠는 예나 지금이나 자식에게 기댈 생각이 없고, 내가 딱히 대단한 무엇을 해드리는 것도 아닌데. 그냥 그렇게 느끼게 된다. 낯선 도시의 터미널에서 불룩해진 배낭을 메고 나를 기다릴 때, 너한테 혼날까 봐 진짜 이것만 넣어온 거라고 배낭을 끄르며 묻지도 않은 말을 할 때, 너르고 쾌적한 식당으로 안내하면 조심스러운 태도로 나를 따라올 때, 어떤 일이 지나간 뒤 전화해서 괜찮으냐고 물으면 누가 물어주길 기다렸다는 듯 울음을 터뜨릴 때. 마음이 저릿해져서 하던 일을 멈춘다.

자주 속상해지는 내게 강이 말한다. 속상한 마음이 들 때마다 잘해드릴 것을 하나씩 찾아내 잘해드리자고. 부모의 삶을 안쓰러워하는 건 서로에게 아무 도움이 되지 않는다고. 나도 알아. 볼멘소리로 대답하자 강이 덧붙인다. 무엇보다 두 분의 행복엔 네가 잘사는 것까지가 늘 포함돼 있을 거야. 중요한 순간에 꼭 옳은 말을 하는 강 덕분에 나는 속상해하길 멈춘다. 속상함을 털어내듯 휴대폰을 열어 뭘 할 수 있을지 찾아본다. 엄마가 마셔도 배가 안 아파서 좋다고 한 매일멸균우유를 세 박스 사고, 할머니들이 드실 국을 매번 새로 끓이는 수고를 덜기 위해 뼈 없는 갈비탕과 도가니탕을 열 봉지씩 산다. 허리가 아픈 아빠를 위해 후기가 좋은 매트리스를 찾아본다.

자식은 언제나 부모보다 늦게 도착할 수밖에 없는 사람들이다. 이제야 조금은 의지가 되는 자식의 자리에 서서 나는 할 수 있는 게 이것밖에 없다는 듯 장바구니에 무얼 주섬주섬 주워 담는다. 꿈에서도 없는 시간이 현실에서 넉넉할 리 없고, 올려다본 하늘은 꼭 해 질 녘처럼 노랗다. 서둘러도 삶에 자꾸만 지각하는 사람에게 유일한 위로가 되는 것은, 시간이 없다는 자각 속에서만 비로소 제대로 하게 되는 일에 사랑이 포함되어 있다는 사실.

사랑하는 데에, 더 잘 사랑하는 데에 남은 시간을 쓸 것이다.

# 여러 번 첫눈에
# 반했던 집에서

———

테라스 하나만 보고 덜컥 계약한 집이었다. 5월이었고, 창밖으로 흔들리는 나무들이 근사했다. 좋아하는 것 하나를 발견하면 다른 단점들을 못 본 척하거나 보았더라도 어떻게 되겠지 하고 낙관해 버리는 다소 무모한 경향이 있어서 가능했던 이사였다. 나무에 정신이 팔려서 공간이 밝게 느껴졌는데 완벽한 북향집이어서 해 드는 시간이 아침나절 아주 잠깐이란 것은 이사한 후에야 알게 됐다. 이전에 사무실로 썼던 곳이라 흔치 않게 높고 넓게 낸 창, 나를 반하게 만든 그 창들이 겨울에 집안을 얼마나 얼어붙게 할지도 몰랐다.

테라스 자리를 빼고 나면 전에 살던 빌라보다 공간이
더 좁았다. 1,000권 넘는 책들을 비롯해 어디에 둬야 할지
난감해진 각종 짐들을 테라스 옆 창고에 뭉뚱그려 보관
해야 했다. 말은 창고지만 바깥에 있던 계단을 없애면서
길게 덧댄 임시 공간이었다. 북향집은 겨울이면 안팎의
온도 차로 인해 테라스로 통하는 새시 문이 꽝꽝 얼어붙
어 열리지 않았다. 방한재인 '뽁뽁이'를 붙여보았지만 소
용이 없었다. 책들이 있는 창고로 가고 싶은 날엔 드라이
어로 창틀의 얼음을 녹여야 했다.

그 집에서 세 번의 겨울을 났다. 지금 생각하면 웃음이
난다. 책을 읽고 싶을 때마다 드라이어로 얼어붙은 새시
문을 정성스레 드라이해 주고 있던 내가 농담 같아서.


하지만 그 모든 불편함을 상쇄해 준 건 처음 이사를 결
심하게 만든 테라스, 봄에는 벚꽃을 여름엔 신록을 가을
엔 단풍을 겨울엔 눈을 보게 해준 그 테라스였다. 테라스
에서 보내는 시간들이 그 모든 불편함을 금세 잊고 살게

해주었다. 기나긴 거리 두기 기간에도 테라스가 있어서 숨통이 트였다. 바깥을 자유롭게 돌아다닐 수 없을 때 집 안에서 유일하게 '야외' 기분을 낼 수 있는 공간이었으니까. 강과 나는 거기 캠핑 의자와 테이블을 펴놓고 커피도 마시고 맥주도 마시고 냉면도 말아 먹고 그랬다. 여기가 카페지. 여기가 펍이지. 여기가 냉면집이지. 하면서. 지금도 그 공간을 생각하면 애틋하다. 마치 한 시절을 무척이나 의지했던, 그러지 않았더라면 진작 무너졌을 어떤 시간을 지탱하게 해 준 옛 친구를 떠올릴 때처럼.

3년을 계약한 집이었는데 이사 간 지 6개월도 안 돼 코로나 팬데믹이 시작되었으니, 그 집에서 코로나 시대를 통과한 셈이다. 회사는 재택근무를 시행했고 식당 같은 영업장엔 출입 제한이 생겼다. 수시로 외출하는 자유를 잃은 대신, 그 전에 살던 어떤 집보다 더 오래 집에서 시간을 보내게 되었다. 그런 시기였기에 쌓인 추억도 있었다.

테라스는 집 안인 동시에 야외였기 때문에 약속이 있는 날 거리 두기 단계가 강화되거나 하면 "그냥 우리 집으로 올래?" 묻게 된 게 시작이었다. 한 사람, 많아도 세 사람 정도까지, 각자의 대화를 충분히 들을 수 있을 만큼만 모이는 걸 선호하는 나에게 테라스만 한 약속 장소는 없었다(어차피 좁아서 많이도 못 앉았다). 테라스에 방문한 친구들은 모두 이 공간을 나만큼이나 좋아해 주었다. 좋아하는 그들의 얼굴을 보는 게 또 좋았다. 테라스에서 나눠 먹기 적당한 메뉴를 연구하고, 밤이면 태국 짜뚜짝 시장에서 사온 전구를 밝히면서 공간을 꾸몄다.

이 집에 오기 전까지의 나를 생각하면 그건 놀라운 변화였다. 웬만큼 '그럴 만한 사정'이 아니고서야 집에 누군가를 일부러 부르진 않았으니까. 집은 내가 가장 편히 쉴 수 있는 공간이자 내밀한 동굴이었으면 했고, 집으로의 초대는 그 평화를 깨는 일에 속했다. 내 생활을 너무 많이 오픈하는 것 같은 기분도 별로였다. 그랬던 나는 그 집에서 "그냥 우리 집에 갈까?" "집으로 오실래요?"라는 말을 자주 하는 사람이 되었다. 집은 사적인 공간이라고만 생각했는데 이상하게 그 집은 공공재처럼 느껴졌다. 저 나무가, 저 하늘이 나만의 것이 아니어서 그랬을까. 좋은 걸 보면 같이 보고 싶어지는 마음 때문에 그랬을까. 이 집의 테라스는 내가 정말 좋아하는 공간인데, 머물 수 있는 시간은 3년으로 정해져 있었다.

나는 그런 한계를 좋아했다. 아껴 마땅한 시간을 아끼게 해주어서. 하루하루 이 테라스에서 보낼 시간이 줄어가고 있는데, 그렇다면 좋은 사람들을 불러서 좋은 시간을 보내야 했다.

추억이 사진으로만 남는 게 아쉬워서 '테라스 방명록'을 만들었다. 테라스에 머물다 가는 손님들이 한 마디씩 남길 수 있도록 도화지처럼 빳빳한 스프링 노트를 준비하고 맨 앞장에 사용법도 적어두었다. 지금 넘겨보면 각양각색의 기록이 남아있다. 상견례가 내일인데 집에 가라는 만류에도 불구하고 굳이 새벽까지 놀다 간 친구는 '내일은 상견례⋯⋯ 지금은 루프탑⋯ 새벽 1시⋯'라는 메시지 옆에 맥주잔 그림을 그려놓았다. 앉아있다 엉덩이가 떨어지지 않아서 제주행 비행기 탑승 시간을 미룬 친구도 있다. 술 마시고 기분 좋아진 내가 빈티지 원피스를 나눔 해서 신나게 옷 그림을 그리고 간 편집자도 있고, 글씨를 거꾸로 써서 거울에 비춰봐야 하는 암호 같은 메시지를 남긴 대학 동기도 있다.

테라스에서 술을 마시다 옆 건물 리빙텔 외벽 계단에 불길이 솟구쳐오르는 걸 보고 119에 신고를 한 적도 있는데 그 날은 불타오르는 그림으로 남아있다. 리빙텔에 사는 누군가가 외벽 계단에서 담배를 피우다 꽁초를 버렸고 그 불씨가 방치된 매트리스 위로 옮겨붙어 일어난 화재였다. 놀란 가슴으로도 방명록을 남기는 의무를 잊지 않은 친구의 한 줄 평은 이랬다. '10년 치 추억… 화재가 덮어버린 우리의 화제……' 실제로 그날 무슨 얘기를 했는지는 하나도 기억나지 않는다. '퇴사자 모임이 될 그날까지!'라고 사인했는데 그날의 주인공들이 다 퇴사해 버린 페이지도 남았다. 마지막 장은 근처에 살던 조카가 놀러와서 그린 공룡 그림. 3년 동안의 추억이 노트 한 권 안에 다채롭게도 남아있다.

이사를 앞둔 마지막 봄에는 벚꽃이 피어있는 일주일

동안 이 집을 아는 친구들을 불러 풍경을 나누자는 게 강과 나의 계획이었다. 코로나 확진과 이사 준비로 일찍이 체력이 바닥났지만, 내 인생의 일주일은 소중하니까 그 시간을 즐기기 위해 꽃도 사고 청소도 하고 요리도 했다. 어젯밤의 피로가 아직 가시지 않은 아침에 영양제를 몇 개씩 털어 넣어가며 새로 청소를 하고 장을 보고 오늘 손님 맞을 준비를 하는 게 정말 호프집 사장이 된 것 같았다. 다시 오지 않을 한 번뿐인 순간을 알아채고 소중히 여기는 법을 이 집을 통해서 배웠기에, 작별에도 마음을 다하고 싶었다. 두 번째 방문하는 친구도, 여러 번 온 친구도, 모두 마지막 테라스를 기쁘게 즐겨주었다. 밤의 벚꽃을 내려다보며 가만히 침묵에 잠길 때 우리는 아마 비슷한 생각을 하고 있었으리라. 또 한 번 좋은 시절이 흘러간다는 생각.

'벚꽃은 올해 말고 내년에도 필 텐데, 이번 벚꽃이 지고 나면 이곳은 여기에 더 없겠네.'

설거지를 마치고 젖은 손으로 펼쳐본 방명록에 적혀 있던 친구의 말처럼. 삶이 나풀거리는 벚꽃잎에 담아 넌

지시 건네는 어떤 애틋함이 그 시간들에 분명히 담겨있었다.

이사 전날엔 짐을 정리하다 강과 눈이 마주치고 둘 다 좀 울컥했다. 우리는 나무와 맥주가 많아서 앉기만 하면 마음이 느슨해지는 이 집을 대흥마이(대흥동의 치앙마이)라는 애칭으로 불렀는데, 진짜 내일이면 떠난다는 게 믿기지 않았다.

"그래도 친구들 불러서 다행이다. 이 집을 같이 기억해줄 사람들이 많아졌잖아."

내 말에 강이 고개를 끄덕였다. 아무래도 그렇지. 좋은 기억을 나눠 가져서 다행이다. 새벽 3시인데도 잠들기가 아까웠다. 네 시간 뒤면 이삿짐 차량이 올 텐데. 빨리 자야 하는데. 떠나기 싫은 마음이 무엇을 가리키는지 그 순간 나는 분명히 알았다. 그건 추억이 많다는 뜻이었다. 떠난 뒤에도 아마 우리가 제일 오래 이야기할 집이 되겠지.

동시에 그 집은 내게 '질문'의 집이기도 했다. 집이 좁은 게 아니라 물건이 많은 것은 아닌지. 저 창고에 든 것들이 정말 너에게 다 필요한지. 밖에 나가지 못하는 게 불편하다고 말하면서도 한편으로는 꼭 필요한 만큼의 자리에 머무는 것 같은 아늑함도 느꼈다면, 그동안 나는 너무 많이 만나고 너무 많이 다니고 너무 많이 말했던 것은 아닌지. 최소한으로 사람을 만나야 했던 시기를 지나면서 집에 불렀던 이들은 그 시절 고단한 마음과 삶의 즐거움을 함께 나누고 싶었던 몇 안 되는 지인들이었다.

이사 날짜가 다가오던 것처럼 지금도 시시각각 삶의 시간이 줄어들고 있다면, 내가 가진 마음과 에너지를 좋은 사람들을 만나 좋은 시간을 보내는 데 써야 했다. 만나지 않아도 되는 사람들을 만나 소속감과 인정을 구하고, 정작 만나고 싶은 사람들을 만날 시간을 미루는 방식으로 삶을 허비하는 게 아니라.

남은 시간을 허투루 쓰고 싶지 않을 때마다 나는 캘린더 앱에 디데이를 설정해서 휴대폰 바탕화면에 위젯으로 띄워두곤 한다. 퇴사를 할 때도 그랬고, 이사를 할 때도 그랬다. D-60, D-38, D-20, D-5……. 매일 줄어드는 숫자를 보고 있으면, 눈앞의 오늘을 소홀히 하고 싶지 않아졌다. 오늘 해야 할 내 몫의 일을 잘 마치고 동료들과 다정한 대화를 나누고 싶었고, 테라스에서 보는 오늘의 노을을 놓치지 않고 싶었다. 질문의 집이 내게 알려준 힌트이기도 하다.

하루치의 삶에 할 수 있는 만큼 성실할 것.
동시에 결코 오늘의 기쁨을 소홀히 하지 말 것.

언제가 끝인지 몰라 디데이를 설정해 둘 수 없는 긴 삶이라는 달력뿐이다. 남은 날을 셈하며 안심할 생각 말고, 매일을 디데이처럼 살라는 소리인지도 모르겠다.

# 인숙 씨가 살면서
# 가장 아낀 것

———

현관문 앞에 박스 하나가 놓여있다. 옆면에 쓰인 커다란 글자를 본다. 스트라이프 반자동 우산. 내가 우산을 한 박스씩 샀을 리야 없고, 시골에서 인숙 씨가 보낸 택배다. 그제 양파를 캤다고 했으니 아마 햇양파와 감자, 강낭콩 같은 것이 가득 들어있을 것이다.

집 앞에 아무리 택배 박스가 쌓여도, 인숙 씨가 부친 박스는 한 번에 알아볼 수 있다. 브랜드 로고를 멋들어지게 뽐내는 박스들 사이에서 어디선가 많이 헤매고 온 듯 행색이 좀 초라해진 박스들. 옆면에 적힌 글자도 제각각이다. 20년 전통 주물 압력솥, 아침에 좋은 사과즙, 문경 오미자(물론 오미자가 든 건 아니다), 살초대첩(아무리 그래도 제초제 박스에 식량을 담아 보내는 건 좀 아니지 않나?)……. 이 박스들은 지금 인숙 씨 손을 거쳐 재활용되고 있는 중이다. 시골에서 택배 박스란 우체국에 비치된 규격 상자가 아니라, 한번 소임을 다한 뒤 다음 쓸모를 기다리는 헌 박스들이니까. 어떤 연유로 집에 들어온 것이건, 인숙 씨는 박스를 바로 접어서 버리는 법이 없다. '언제 쓸지 모르니까' 일단 쟁여둔다. 한 번 더 기회를 얻은 박스는 우리 집으로도, 오빠 집으로도 가고, 시골집에 온 친척들의 차 트렁크에 농작물을 가득 담고서 실리기도 한다.

인숙 씨가 박스만 아끼느냐 하면 천만의 말씀이다. 택배를 보낼 땐 마치 농산물로 테트리스를 하듯 빈 곳이 생기지 않도록 하는 데 심혈을 기울인다. 사과가 맞닿아 생긴 빈자리엔 그보다 알이 작은 대추를 채우고, 그래도 남은 틈엔 강낭콩이라도 후드득 따와서 쏟아부어야 성이 차는 식이다. 외딴집에 택배를 가지러 오는 기사님의 수

145

고를 아껴야 하고 한번 보낼 때의 배송비와 인숙 씨의 것도 아닌 기름값을 아껴야 하기 때문이다. 한번은 시골집에 두고 온 등산화를 부쳐달라 한 적 있는데, 역시나 이튿날 집 앞엔 그맘때 수확한 농작물로 가득 찬 박스가 도착했다. 등산화를 꺼내 신어보려던 나는 깜짝 놀랐다. 엄지발가락에 감자가(?) 닿았던 것이다. 황급히 들어 올린 신발 속에는 굵은 감자가 세 알씩 꾹꾹 채워져 있었다. 며칠 전 겨우 세상 빛을 보았을 햇감자에게 미안할 정도였다. 이 일은 '햇품신(햇감자를 품은 신발)' 사건으로 한동안 친구들 사이에 회자되었다.

그러니 다른 걸 아끼는 건 말해 무엇 할까. 인숙 씨는 입을 닦을 땐 휴지를 한 칸만 쓰고, 나물을 무친 위생 비닐장갑은 씻어서 집게로 걸어두었다가 서너 번 더 쓰고 버린다. 내가 서울로 떠나며 두고 온(사실은 버리고 온) 티셔츠를 아직도 집에서 입고, 더 이상 꿰맬 데 없이 해진 양말은 가스레인지라도 한번 닦고 버린다. 지난번에 이사 온 우리 집을 보러 올 때는 바쁜 애들이 마늘 깔 시간이나 있겠냐며 배낭 속에 깐 마늘을 잔뜩 가지고 왔는데,

인숙 씨가 멘 배낭이 내가 대학생 시절 국토 순례를 할 때 협찬으로 받았던 것이라 깜짝 놀랐다. '2006 문화 원정대'라고 박음질된 패치가 무슨 유물처럼 느껴질 만큼 세월이 흐른 뒤였다. 이게 아직 있었네, 싶은 것들을 나는 매번 인숙 씨가 걸치고 있는 것들에서 발견한다.

'아끼다'라는 말을 계속했더니 갑자기 이 단어가 생경하게 느껴져 사전을 뒤적여본다. '물건이나 돈, 시간 따위를 함부로 쓰지 아니하다' '소중하게 여겨 보살피거나 위하는 마음을 가지다.' 맞네, 그건 인숙 씨가 맞다. 인숙 씨기 함부로 쓰는 건 아무것도 없다. 원레 이떤 용도로 세상에 나왔건, 인숙 씨 손에 들어오면 먼지를 털고, 깨끗하게 닦인 다음, 끝까지 쓰이기를 기다려야 한다. 그런 인숙 씨를 보고 자란 탓에 나는 엇나가는 마음에라도 손에 들어온 뭔가를 팡팡 써버리는 사람이 되었다…라고 적고 싶지만, 강은 다 쓴 치약을 가위로 반 잘라 속을 파내고 있는 나를 보고 깜짝 놀란 적 있다. '뭘 그렇게까지'의 '그렇게'를 나는 죄다 인숙 씨에게서 배웠다.

그런 인숙 씨가 평생 가장 아낀 걸 안다.

삶이다.

내 몫으로 온 것이니 아꼈고, 어떻게 더 쓰일지 모르니 아꼈다. 아무리 힘든 순간에도 그가 삶으로부터 도망치려 한 적 없다는 걸 안다. 스물셋에 결혼하자마자 시할머니 중풍 수발을 들어야 했을 때에도, 빨래 널고 돌아서면 빨랫감이 또 쌓여있는 집에서 한겨울에 맨손으로 빨래를 하다 펑펑 울었을 때에도, 그나마 자신을 아껴주던 시아버지가 폐암 선고를 받고 집에서 2년 넘게 투병했을 때에도, 갚아도 갚아도 빚이 줄어들지 않는 살림이 막막할 때에도. 인숙 씨는 살아야 할 이유를 찾기 전에 살 방법을, 다음에 할 수 있는 일을 향해 손을 뻗는 사람이었다.

나쁜 일이 왔으면 다음엔 좋은 일도 올 거라고, 혹여 그렇지 않더라도 괜찮다고, 나쁜 일 속에서도 분명 할 수 있는 일이 있을 거라고 믿는 인숙 씨는 그래서 늘 '괜찮은' 것부터 먼저 말해준다. 비바람 막아주는 집이 있는 것만으로 얼마나 다행이냐고. 시아버지가 '짤순이'를 사줬을 때 빨래를 손으로 안 짜도 돼서 너무 기뻤다고. 남에게 손을 벌리는 것보다 정직하게 벌어서 빚을 갚아나가는 것이 사람 된 도리이니 속이 편하다고. 열 살 무렵이었나, 어린 마음에도 이 집에서 엄마가 사라져버릴지 모른다 여겼을 때. 그때도 인숙 씨는 울고 난 얼굴로 말했다. "엄마랑 도시 가서 사까? 붕어빵 리어카를 끌든 식당 설거지를 하든 우야든동 먹고 살겠지." 나는 안심했다. 인숙 씨가 싸게 될 가방에 내가 포함되어 있어서. 시골처럼 마당도 마루도 없는 도시의 어느 단칸방에서 일 나간 엄마를 기다리는 상상을 아주 잠시 했는데, 그게 하나도 안 슬프고 좋았다. 도시에 가고 싶을 만큼. 인숙 씨를 울리지 않는 삶이 거기 있기만 하다면.

다 울고 난 인숙 씨는 도시에 가는 대신 밭으로 갔다. 새벽 5시쯤, 동이 터올 때 일어나 밤이슬에 발목을 적시며 작물을 일구었고, 한여름 볕을 견디고 신 직물들처럼 까맣게 탄 팔다리로 고비 고비를 넘었으며, 해가 지고 어스름이 깔린 뒤에야 하루치의 삶을 살아내고 집으로 돌아왔다. 40년을 꼬박 그렇게 살았다. 그 세월이 말도 안 된다 싶을 때마다, 나로선 도저히 그렇게 살 자신이 없다는 생각을 할 때마다 나는 자꾸 인숙 씨의 이야기를 쓰고 싶어진다. 이 삶을 어딘가에 반복해 적어두고 싶어진다. 더 많은 사람이 그의 이름을 알게 될 때까지. 내 안부보다 먼저 그의 안부를 물어올 때까지.

몇 권의 책을 낸 후로 종종 일상의 순간들을 아끼며 사는 것 같다는 말을 들을 때면, 아낀다는 그 말 때문인지 자동으로 인숙 씨가 떠오른다. 내가 삶의 구석구석을 어떻게든 아껴보려는 사람으로 자랐다면 그건 모두 그에게서 배운 것이라는 생각. 사실은 사는 법을 다 인숙 씨에게서 배웠다는 생각.

그럼에도 나는 인숙 씨에 비해 약한 사람이라 자주 도망치고 싶어진다. 삶으로부터도 나로부터도 사소한 좌절과 실망으로부터도. 오늘만 해도 마감으로부터 도망치느라 이 방 저 방을 옮겨 다니고 괜히 빨래를 하고 원두를 사러 나갔다가, 늦은 오후 결국 다시 책상 앞으로 돌아왔다. 도망치고 싶어지는 순간이 몸집을 부풀려 커지면, 나는 인숙 씨가 아니라 인숙 씨 집 앞에 있는 것들을 생각한다. 속으로 그것들과 겨룬다. 밤새 무서운 기세로 덩굴손을 뻗는 오이, 뙤약볕 아래 매운맛을 응축 중인 고추, 참나무의 양분을 한껏 빨아들이는 표고버섯과 마침표처럼 딴딴하게 여물어가는 참깨 같은 것들. 그런 것들에 지지 않으려고.

너희들이 아무리 무성하게 자라나도, 인숙 씨가 기른 것 중 가장 튼튼한 것은 나여야만 한다고. 이 삶을 아끼는 것으로 나는 그의 자부가 되겠다고. 그렇게 생각하면 한여름 그늘 한 점 없는 들판에 팔다리를 꼿꼿이 펼치고 선 작물이 된 기분이다. 보란 듯이, 보여주고 싶은 사람이 있다는 듯이. 내 삶이 아직 자라고 있다.

2부

\*

# 삶이 결국
# 우리가 쓴 시간이라면

시간이 생기면? 하루를 어떻게 쓰고 싶어?

그런 물음을 떠올리는 것만으로

덜 쓴 희망을 발견한 사람처럼 조용히 기뻐졌다.

# 오늘 하루가
# 다 내 것이었으면

누군들 잘 살아보고 싶지 않을까. 일터에서 모멸감을 참는 것도, 삶이 견디는 것이시는 안 된다는 걸 알면서 견디는 것도, 다 잘 살아보고 싶기 때문이다. 누군들 '사는 것처럼 살아보고 싶다'는 마음이 없을까. 그게 어떤 상태를 뜻하는지 명확히 알지 못하면서도 우리는 늘 꿈꾼다. 지금 이 삶으로는 부족하다고. 기대감에 눈 뜨고 만족감에 잠드는 하루가 내게도 가능해진다면, 그 삶은 얼마나 애틋할까. 나를 써야 할 바로 그곳에 제대로 쓰고 있다는 느낌, 내가 있어야 할 바로 그 자리에 있다는 느낌은 얼마나 충만한 기쁨일까.

회사에서 나는 자주 그런 생각을 했다. 화장실 세 번째 칸에 앉아서, 서로의 표정을 가려주는 파티션 안쪽에서 고개를 숙인 채, 사람들이 떠난 회의실에서 한숨을 돌리면서. 진짜 살아보고 싶은 삶을 내 마음속에만 숨겨 두었다는 것, 그건 '믿는 구석'인 동시에 일터의 고단함을 이겨내게 해주는 상비약 같은 것이기도 했다. 스스로 선택한 지금의 시간을 잘 딛고서 다른 시간으로 건너가고 싶었다. 일터에서 배우는 것들, 동료들과 일하는 즐거움, 함께 이룬 좋은 결과를 앞에 두고 느끼는 보람도 귀한 것이었다. 일하는 나에게 중요한 건 언제나, 장점이 얼마나 큰가보다 '견딜 수 있는' 단점인가 하는 것이기도 했고.

문제는 연차가 쌓이고 책임이 늘어날수록 그만큼 일에 써야 하는 시간도 비례해 늘어나면서 시작됐다. 스무 명 남짓한 팀이 꾸려지고, 팀장을 맡게 되고, 새로운 책임들이 주어지면서 그동안 일하면서 어렵게 찾아놓은 시간의 균형이 무너진다는 게 느껴졌다. 주말에도, 휴가지에서도 메신저를 꺼놓지 못했다. 기껏 시간을 내어 좋은 곳에 와서는 집중하지 못하는 게 미안해 강의 눈치를 보며 몰래(?) 일하다 보면 내가 지금 뭐 하고 있는 건가 싶었다. 팀장의 자리는 유능함을 증명하면서 계속 잘되는 숫자를 보여주어야 하는 자리였다. 동시에 팀원들의 마음을 살피고 문제를 해결하고 업무적인 성장을 독려해야 하는 자리이기도 했다. 할 수 있는 만큼 하고 있는데도 늘 미진하다는 생각이 들었다. 해낸 일은 당연히 해야 하는 일을 한 걸로 여겼고, 잘하지 못하고 있는 부분만 크게 보였다. 여전히 남은 일들이 있고, 괴로움을 겪는 팀원들이 있고, 해결해야 할 문제가 있을 때 내 최선은 결국 최선이 아닌 듯한 기분. 열심히는 됐으니까 잘하라는 말이 내내 따라다니는 기분이었다.

그 무렵 몰려드는 일로 일상이 피폐해져 힘들어하던 친구에게 이런 메시지를 남긴 적 있다. "세상에 나를 망칠 만큼 중요한 일은 없어! 이렇게 자꾸 되뇌면서 일해야 돼." 친구는 그 메시지를 둘만 있는 채팅방의 공지로 등록해 두었다. 일보다 네가 중요하다는 말, 힘들면 그 일을 하지 않아도 된다는 말이 간절히 필요했다고. 친구에게 저 말을 건넬 때 나는 느낌표 하나까지도 진심이었는데, 정작 스스로에게는 입을 꾹 다문 채 지내던 날들이었다.

그날도 평범한 아침이었다. 거실로 나와 창을 열었는데, 바깥에 아주 깨끗한 아침이 도착해있었다. 입추를 막 지난 즈음이었고, 밤새 내린 비가 그친 후였다. 빗방울을 머금은 나뭇잎들은 하나하나 세수를 마친 얼굴처럼 반짝이고, 하늘엔 하얀 붓 자국 같은 구름이 빠르게 흘러가고 있었다. 창 아래 산책로로 누군가 자전거를 타고 지나가는 게 나뭇가지 틈으로 설핏 보였다. 빵을 사서 돌아가는 길일까, 출근하는 길일까. 아, 출근… 출근을 해야 하지. 늦지 않으려면 이제 창에서 물러나 씻으러 가야 하는데 바깥의 풍경을 조금만 더 바라보고 싶었다. 그 순간이었을 것이다. 하나의 문장이 풍선처럼 점점 부풀어 마음을 꽉 채운 것은.

아, 오늘 하루가 다 내 것이었으면…….

누구의 방해도 받지 않고, 메신저나 메일의 알람 없이, 창밖만 바라보며 시간을 보내고 싶었다. 그건 이상한 바람이었다. 하루는 원래 내 것인데. 그럼 나는 대체 이 하루를 누구의 것으로 여기며 살고 있는 거지? '오늘'을 온전히 내 것처럼 써본 지 너무 오래됐다는 생각이 들었다.

평범한 직장인이 그렇듯 나 역시 하루의 많은 시간을 일에 내어주고 있었다. 아침에 알람 소리가 울리면 무거운 몸을 겨우 일으켜 출근 준비를 하고, 회사에 가서 커피로 잠을 깨우고, 오늘 치 해야 할 일들을 처리하다가 갑자기 터진 사고를 수습하고, 회의를 하고, 또 회의를 하고, 아무것도 못했는데 벌써 5시라는 생각을 하고, 야근을 같이할 사람이 있나 주변을 둘러보고, 저녁을 시키고, 오늘은 일찍 가야죠, 이것만 하고 저는 들어가려고요, 그런 얘기를 하며 식사를 한 후 다시 자리로 돌아와 집중하려 애쓰다가, 못 다한 일은 내일 해야겠다는 맘으로 짐을 챙겨 집에 돌아오면 9시.

아침에 눈을 떠서부터 시작한 하루가 세 시간 정도 남아있었다. 세 시간. 내 뜻대로 보낼 수 있지만, 준비된 체력이 소진돼 무엇도 할 수 없는 시간. 멍하니 누워 천장을 바라보고 있으면 하루 종일 마음의 수면 아래로 가라앉아있던 질문이 떠올랐다.

시간을 정말 이렇게 써도 되는 걸까?

정신없이 흘러가 버리는 하루로 인생이 채워지는 게 괜찮은 걸까?

예전엔 괜찮았던 시간이 분명 있었다. 퇴근 후에, 주말에, 누구에게도 팔지 않은 시간 속에서 내 삶을 생각하는 것만으로 다시금 회복되곤 했다. 휴일 오후의 카페에 앉아 밀린 일기를 쓰거나 책을 읽을 때. 여행지에서 다시 일상으로 돌아가면 이렇게 살아보자, 저렇게 살아보자 마음먹을 때. 삶에 대한 통제권이 분명 내게 있다고, 쓰지 않은 자유가 내 손 안에 있다고 느꼈다. 내려다본 빈손이 허전해진 건 언제부터였을까.

그 즈음엔 '다들 이렇게 살아'의 '다들'은 무사한 건지 자주 궁금했다. 바쁘시죠, 라는 말로 안부를 묻고, 시간이 없다는 말을 모두가 입에 달고 사는 세상. 야근 후 하루가 또 이렇게 가버렸다는 헛헛한 맘으로 한 시간 뒤면 문을 닫는 호프집 빈자리에 앉아 10분에 한 잔씩 마셔야 해요, 같은 말이나 나누며 생맥주를 들이켤 때 우린 한숨을 쉬듯 때론 화를 내듯 말했다. 이렇게까지 바쁘게 살 필요가 있을까요? 뭔가 이상하지 않아요? 어디서부터 잘못된 거지? 다 큰 어른들이 길 잃은 얼굴을 하고서 망연해질 때 우리는 서로의 거울 같았다.

생각해 보면 이상했다. 누구도 원하지 않는데 이렇게들 살아간다는 게. 아무도 만족스러운 얼굴을 하고 있지 않은데 이렇게 살아야만 어떤 만족에 도달할 것처럼 믿고 있다는 게.

이상하기만 했으면 나았을 텐데 시간이 없을 때 니는 가장 별로인 내가 되었다. "바쁘니까 나중에 전화할게"라는 말로 끊은 전화 뒤에 '나중'은 없었고, 가족의 생일을 잊었고, 살아가며 챙겨야 할 크고 작은 일들이 귀찮게만 느껴졌다. 축하에도 위로에도 진심이 담기지 않았다. 마음에 여유가 없으니 누군가 내게 써주는 마음이 부담스러웠다. 재택근무를 할 때면 모니터에 코를 박고 일하느라 옆에 있는 강의 농담에 웃을 틈도 없었다. 참다못해 짜증을 내기도 했다. "지금 그럴 때가 아니야!" 지금은 뭘 해야 할 때였을까. 마음이 비좁아진 만큼 삶의 반경이 계속 좁아지는 느낌이었다. 그래서 나는 어쩌자는 걸까. 바쁘니까 나중에 사과하고, 바쁘니까 나중에 웃고, 바쁘니까 나중에 살기라도 하려는 걸까.

그 무렵 누군가 내게 다가와 왜 금방이라도 모든 걸 망쳐버릴 것 같은 얼굴을 하고 있느냐고, 지금 뭐가 제일 필요하냐고 물었다면, 나는 망설임 없이 '시간'이라고 대답했을 것이다. 내게 필요한 건 시간뿐이었다.


이런 마음으로 지내지 않아도 되는 시간.
비로소 삶이 내 것처럼 여겨질 그런 시간.


시간이 생기면? 하루를 어떻게 쓰고 싶어? 혼자가 된 밤이면 일기장 여백에 틈틈이 '진짜 가지고 싶은 시간'에 대해 적어보곤 했다. 괴로운 것을 피해 뒷걸음치는 인생 말고, 좋은 것을 향해 한 걸음이라도 내딛는 삶을 살고 싶어서. 그런 물음을 떠올리는 것만으로 덜 쓴 희망을 발견한 사람처럼 조용히 기뻐졌다.

내 마음대로 보내도 되는 하루라면…… 알람 없이 일어나고 싶었다. 천천히 커피를 내리고, 읽을 시간도 없으면서 헛헛한 마음을 채우려고 주문해 둔 책들을 읽고 싶었다. 회사 메신저를 수시로 들여다보지 않아도 되는 오후를 보내고 싶었다. 비가 많이 왔는데 거긴 괜찮으냐는 엄마의 전화를 붙잡고 실없는 수다를 떨다가 지금 고향 집엔 어떤 나무에 열매가 맺혔는지 어떤 꽃이 피었는지 그런 소식을 전해 듣고 싶었다. 해 질 무렵, 하루 중 내가 제일 좋아하는 시간대에 목적 없이 오래 걷는 산책을 하고 싶었다.

그저 창밖을 더 바라보고 싶었던 그 날 아침처럼, 내가 바라는 건 다 사소한 것들이었다. 시간이 생기면 쉽게 할 수 있지만, 시간이 없을 땐 세상에서 가장 어려워지는 일. 회사를 다니면서도 그런 여유를 마음에서 길어 올리는 사람들이 많다고, 문제는 '생산성'이라고(도무지 정이 붙지 않는 말이다), 예전 같으면 남과 비교하며 나를 나무랄 이유부터 찾았을 텐데 더는 그러고 싶지 않았다. 내가 힘들다는데 왜 그 감정을 저울에 올려놓아야 하나. 일에 마음이 계속 깎여나가는데도 이 정도로 힘들다고 말해도 되나 망설이며 살 수는 없었다. 병원에서 자주 겪는 일처럼. "아프면 말씀하세요"라는데 얼마나 아파야 손을 들어 그렇다고 말해도 되는지 모르겠어서 눈물이 흐를 때까지 참는 버릇. 내 고통에 민감하게 반응하기보다 얼마나 참을 수 있는지 견뎌보는 마음. 참으면 복이 안 오는데. 병이 오는데.

《평일도 인생이니까》라는 책을 썼을 때 말하고 싶었던 건, 평일의 하루를 소중히 여기는 게 곧 인생을 소중히 여기는 일이라는 말이었다. 내가 보낸 하루하루가 모여서 평생이 될 테니까. 삶은 결국 우리가 어디에 시간을 썼느냐일 것이다. 나를 웃게 하는 데 쓸 수도, 참게 하는 데 쓸 수도 있겠지. 무엇이 되었든 내가 어떤 시간을 보냈는지가, 어떤 인생을 살았는지 말해줄 것이다. 그렇게 생각하면 적어도 이런 기분, 이런 마음으로 지내는 시간은 아니어야 했다.

삶의 시간표를 새로 짜야 할 때였다.

# 다른 삶이
# 가능하다는 희망

———

일이 우리에게 주는 것은 생각보다 많다. 생활을 가능하게 해주고, 삶의 무의미와 대신 싸워주기도 하며, 소속감과 성취감도 준다. 하지만 어느 순간 일터에서 얻는 것보다 잃는 게 크다고 느껴진다면, 숨을 고르며 생각해 봐야 한다. '무엇 때문에' 이렇게까지 하는지. '왜'를 계속 물어야 한다. 이렇게 살기 시작한 가장 중요한 이유를 놓쳐선 안 되니까. 돈을 버는 일도, 일을 하는 것도 모두 한 사람의 어른으로서 나를 책임지고 또 행복하게 해주기 위함이었다. 그 행복에는 나의 소중한 사람들과 마주보고 웃는 일도 포함되어 있었고. 그런데 자꾸 그걸 잊고서 정작 돈'만' 벌고 일'만' 하고 있었다. 누구도 이런 삶을 살라고 강요한 적 없었는데. 내가 무슨 대단한 희생이라도 감당하고 있다는 듯한 얼굴로.

언젠가는 회사 밖에서 살아볼 생각이었다. 다만 둘이서 함께 꾸린 집을 위해서는 경제공동체로서 대출도 갚아야 했고, 인세만으로는 벌이가 부족하다는 걸 잘 알고 있었다. '당분간은 돈을 벌어야 해'라는 생각을 너무 오래 하고 있다 보니 '당분간'이 언제까지인지 알 수 없어졌다. 그런 식으로는 영영 끝이 없을 것이다. 돈에 대해 깊이 생각하지 않을수록 그건 일단 더 가지면 가질수록 좋다고 여겨지기 마련이니까. 비슷한 환경에서 자란 강과 나에게 경제적 안정을 이루는 것만큼 중요한 일은 없었다. 그래서 더 반쯤은 관성으로 살았던 것 같다. 돈이 필요해. 다들 이렇게 살아. 그런 말을 "배고프다. 뭐 먹을까?"처럼 쉽게 내놓으면서.

그럼 그냥 그런 사람이 되는 것이다. 친구들을 만나 신

세 한탄이나 늘어놓고, 지금의 삶에 문제가 있다는 걸 알면서도 문제를 잊기 위해 취미를 만들고 여행을 가고 술을 마시다가 답답한 마음에 사주나 점을 보러 가서는 "회사 그만둬도 될까요?" "이직해도 될까요?" 하는 질문을 무슨 동아줄을 기다리는 심정으로 꺼내놓는. 변화를 원한다면 뭐든 해보면 되는데, 선택이 두려우니까 내가 내려야 할 결정이 사주나 점괘 안에 이미 쓰여있기를 바라듯이 기대는 것이다. 속으론 정작 믿지도 않으면서. 남들이 그렇게들 하니까 주춤주춤 맨 뒤에 줄을 서는 심정으로. 당연하게도 그런 일들은 내 삶을 아무것도 바꿔놓지 못했다. 미래가 궁금한 사람에게 필요한 건 예언이 아니라 바라는 미래를 현재에서 먼저 살아보는 일일 테니까.

몇 번을 물어도 마음은 같은 곳을 가리켰다. 시간에 쫓기며 살고 싶지 않았다. 내게 주어진 삶의 시간을 누려도 보고 싶었다. 전화가 울릴 때마다 마음이 쪼그라들고, 회의를 시작할 때마다 가슴이 갑갑해지는, 아무 확신도 없으면서 확신을 가지고 말해야 하는 일을 그만하고 싶었다. 남의 일 대신 내 일을 하고 싶었다. 회사 일에 열심인 시간을 한 번쯤은 읽고 쓰는 일에 모두 양보해 보고 싶었다. 잘하지 못하는 일을 잘해내기 위해 애써야 하는 시간을 잘하고 싶은 일을 더 잘하기 위해 애쓰는 시간으로 바꾸고 싶었다. 그럼 어떤 일이 일어날지 궁금했다. 내가 원해서, 기쁘게 원해서 하는 일이 삶을 어떻게 바꿔놓을지. 더 좋은 글을 쓰게 될 수도 있고 오히려 무기력에 빠질 수도 있겠지. 자유로운 건 잠깐이고 미래에 대한 불안에 손톱을 물어뜯다가 너덜너덜해진 손끝으로 다시 이력서를 쓰게 될 날이 올지도 모른다. 살아보기 전에는 알 수 없는 일이었다. 알려면 살아봐야 한다는 소리였다.

회사 일의 맹점은 내가 아니면 안 되는 일도 아닌 것을 그 반대로 여기면서 자신을 그것에 바치게 된다는 데 있다. 맡은 일을 문제없이 완수하는 건 중요하지만, 만일 어느 시점에 '나'는 빠지고 '일'만 남는다면? 나를 대체한 누군가가 하든, 내가 맡았던 일을 쪼개어 나누든 '일' 자체는 굴러가도록 금세 세팅이 될 것이다. 회사는 원래 그렇게 생겼다. 사람이 바뀌어도 일이 굴러갈 수 있도록 매뉴얼을 만들고 인수인계를 하고 정보를 공유하는 곳이니까. 모든 퇴사에는 결국 그 마음이 마침표처럼 찾아오는지도 모르겠다. 내 일은 나 대신 누군가 할 수 있어도, 내 삶은 누가 대신 살아줄 수 없다는 당연한 사실. 대체 가능한 노동자인 내가 대체 불가능한 유일한 곳은 오직 내 삶의 자리라는 것.

나만 할 수 있는 일을 찾아 그토록 오래 헤맸는데 그건 그저 살아가는 일이었다니.

내 삶이 재미도 있고 의미도 있기를 바라는데 그건 누가 찾아서 내 손에 쥐여주는 것이 아니라, 내가 적극적으로 찾아 나서야 하는 일이었다. 내가 뭘 할 때 재미있고, 뭘 할 때 의미를 느끼는 사람인지 자꾸자꾸 찾고, 자꾸자꾸 해봐야 했다. 사는 게 다 그렇지 뭐, 라는 말 대신 사는 게 즐거울 수 있는 방법을 찾아야 했다. 아무도 나만큼은 신경 써주지 않는 내 인생을 챙기기 위해서.

오랫동안 나는 나에게 선택권이 있다는 사실을 잊고 지냈다. 다른 삶이 가능하다는 희망 역시. 내 삶을 내가 선택할 수 있다는 그 단순한 자유를 왜 그토록 오래 잊고 살았을까? 당연하게 여길수록, 가지고 있는 채로 잊어버리기 쉬운 진실. 주머니 속에 있는데 애먼 바깥만 계속 뒤지게 되는 진실. 자유는 그런 것이었다. 동시에 잃기 쉬운 것이었다. 존재를 잊어버리는 순간 그 자리에서 사라지므로.

20대의 언젠가 거리 강연 프로그램에서 삶을 왜 모조품처럼 살려 하느냐는 말을 들은 적 있다. 옷을 살 때, 그림을 볼 때, 진품과 모조품은 당연히 다르다고 생각하면서 왜 자기 인생을 두고서는 최대한 남들과 비슷해지려 애쓰느냐고. 자기 삶을 복제하지 말고, 여러분 각자기 그 자체로 고유한 오리지널리티를 갖고 있다는 걸 잊지 말라고. 모조품이 될 생각은 전혀 없었던 20대였기에 나는 좀 자신만만했던 것 같다. 나는 내 삶을 살 거야. 그러지 않을 리가 없잖아.

세상의 벽에 걸어두면 누가 봐도 하나뿐인 그림이 되고 싶었던 그때의 나는, 하루가 시작되는 게 조금도 즐겁지 않은 서른여덟이 되어있었다. '당분간은 어쩔 수 없어'라는 말로 스스로에게 '어쩔 수 없는' 인생만을 쥐여주는.

나라서 살 수 있는 삶을 살아보기로 마음먹었다. 그러기 위해 포기해야 하는 것들이 있다면 그것을 한번 포기해 보자고. 포기한 뒤의 삶이 어떻게 될지는 선택한 나와 함께 겪어보자고. 원하는 게 정말 시간이라면, 시간과 돈을 기꺼이 맞바꿀 준비가 되어있는지도 물어야 했다. 더 많은 돈이 아니라 더 많은 시간을 풍요로 생각해야만 내릴 수 있는 결정일 테니까. 시간의 자유를 누리고 싶다면, 적게 벌고 적게 쓰는 삶을 감당하면 된다. 다른 것을 욕심내지 않으면 된다. 간단한 계산이다. B 대신 A를 택한 삶에 스스로 만족할 것.


······라고 잘도 말하지만, 퇴사한 지 반년이 지난 지금, 입을 꾹 다문 통장을 보면 회사에 다녔더라면 내가 벌 수도 있었을(?) 그 돈이 아쉽다. 이제야 내가 좀 현대인답게

느껴진다. 나한테 오지도 않은 돈을 아쉬워하다니 이상한 일이지만, 원래 현대인이란 이상한 포인트에서 욕심을 내기 마련이니까. 그 돈이 있었더라면 지금 TV 속에서 (공)효진 언니가 사라고 말하는 저것, 예쁘기까지 해서 용도를 잠시 잊게 해주는 음식물쓰레기 처리기를 살 수 있을 텐데. 저것만 있으면 초파리와의 전쟁에서 해방될 수 있을 텐데. 하지만 돈과 시간을 맞바꾸기 위해서는 꿋꿋해야 한다. 초파리를 선택해야 한다. 삶이 내 앞에서 엄격한 얼굴을 하고 "둘 다는 안 돼요. 택1 하세요" 말한다면, 통장을 내려놓고 시간을 집어 들 마음을 지켜야만 한다. 다행히 올해의 나는 그럴 수 있었디. 초파리를 선택한 시간을 지키기 위해 여전히 애쓰고 있다.

회사를 그만둔 후로 주변에서는 종종 불안하지 않느냐고 묻는다. 당연히 불안하지, 라고 대답해야 할 것 같은 미묘한 기분이 들지만 (아직까지는) 불안하지가 않다. 아무도 글을 청탁하지 않는데도, 받은 메일함의 숫자가 '0'인데도. 내가 나를 부르지 않으면 하루 종일 아무도 나를 부르지 않는 날이 이어지는데도. 내가 지금 해야 하는 가장 급하고 중요한 일은, 현재에 도착해서 얻은 이 고요와 즐거움을 누리는 것이라고 생각할 뿐. 천천히 마음을 회복하면, 건강해진 마음으로는 무엇이든 할 수 있을 것 같다. 포기와 체념이 아니라 긍지와 낙관으로 삶을 바라볼 것이므로.

자신의 능력을 믿음으로써 가지는 당당함.

사전에서는 긍지矜持를 이렇게 말한다. 늘 입에 담기엔 거리감이 느껴지는 단어라고 생각했는데, 뜻풀이를 보니 이해가 된다. 회사를 다니면서 내가 긍지를 잃어갔던 건 조직이 요구하는 것에 함몰되어 나에 대한 믿음보다 의심을 키워갔기 때문이었다. 나를 계속 부족한 인간으로 평가했다. 할 수 없다고 여겨지는 일들이 많았다. 그런 마음으로는 사실 무엇도 할 수 없다. 할 수 없다고 이미 믿고 있으니까.

혼자가 되어 회복한 것은 다름 아닌 그 믿음이었다. 뭐라도 하겠지. 할 수 있겠지. 아무것도 하고 있지 않으면서, 심지어 침대에 누워 숨만 쉬면서도 뻔뻔하게 그렇게 생각한다. 마음이 회복된다는 것은 그런 일이다. 그리고 지금 긍지를 느낄 수 있는 건 역설적으로 그만큼 긍지 없는 시간을 오래 보냈기 때문이란 것도 안다. 그 시간이 없었다면 이 시간에도 도달하지 못했을 것이다. 인생에 간주 점프가 없듯이. 여러 번 회사를 다녀도 보고 그만둬도 보고 쉬어도 보면서 깨달은 건 하나다.

산다는 건 용기다. 계속해서 내게 맞는 것을 찾고, 나를 웃게 만들 미래를 선택할 용기.

바뀌야 바뀐다. 걸어야 도착한다. 천천히 걸어야만 닿을 수 있는 곳도 있다. 그 단순한 진실을 받아들인 순간, 앞으로 무얼 해야 할지 조금은 선명해진 기분이었다. 여기서 문제가 끝났다고도 생각하지 않는다. 지금의 답은 이것일 뿐, 언제든 또 바뀔 수 있겠지. 다만 스스로에게 질문하기를 멈추지 않고 살겠다고 생각할 뿐이다.

지금의 삶이 어때? 네 마음에 드니? 지는 노을에 정신이 팔려있던 내가 돌아보며 조용히 고개를 끄덕인다. 그 순한 얼굴이 좋아서 우리는 마주 보고 웃는다.

# 나만의
# 퇴킷 리스트

———————

숙원宿願. 오래전부터 품어온 염원이나 소망. '숙원 사업' 하면 다들 떠올리는 무언가가 있을끼? 내겐 있다. 농담 같은 숙원이. 신지 생일 평일에 신지도, 생일도, 평일도를 가겠다는 건 연애하던 시절부터 '강'과 나의 오랜 농담 중 하나였다. 대한민국 지도의 남쪽 끝에서 '신지도'라는 섬을 처음 발견했을 때, 조금 더 크게 크게 확대해서 보다가 그 옆에 생일도, 그 옆에 평일도가 있다는 것을 알았을 때, 우린 엄청난 사실을 발견한 사람들처럼 고무되었다. 내 이름으로 된 섬이 있다니! 신지로 태어났으면 여긴 가봐야지, 이왕이면 그 날은 신지 생일이 평일인 날이 되어야지, 하면서. 그건 몇 년간 반복해도 지루하지 않은 농담이었다.

하지만 둘 다 회사에 다니면서는 운전을 해서 남쪽 끝에 위치한 섬까지 가기도, 그곳을 충분히 둘러보고 올 만큼 긴 휴가를 쓰기도 쉽지 않았다. 마침 올해 내 생일은 월요일(평일)이었고, 가진 게 시간뿐인 퇴사자가 되었으므로 때가 왔다고 생각했다. 퇴사하기 몇 달 전부터 강에게 공표한 여름휴가 계획이기도 했다. 퇴사 뒤 하고 싶은 일들의 목록, 일명 '퇴킷 리스트(퇴사+버킷리스트)'에서 당당히 1순위를 차지하고 있던 게 이 여행이었으니까.

그리하여 시작된 '신지 생일 평일 프로젝트.' 본격적인 여정은 이정표에 '신지도'가 나타나는 순간부터 시작된다고 생각하며 떠나온 길이었는데 과연 완도군에 들어서자 곳곳에서 '신지도' 방향을 가리키는 '신지Sinji'라는 이정표가 등장했다. 늘 보던 초록색 바탕에 하얀 글씨가 쓰인 이정표인데 거기 내 이름이 적혀있는 것만으로 신기했다. 연륙교가 놓인 섬이라 신지대교나 장보고대교를 통해 신지도로 넘어갈 때는 도로 바닥에 커다랗게 '신지' '신지' '신지'가 반복해서 나타났다. 나는 좀 (많이) 흥분한 채로 운전하는 강의 옆에서 쉼 없이 셔터를 눌러댔다. 신지 세계관의 서막이었다.

신지도에서 우리가 묵기로 한 숙소는 신지 명사십리 해수욕장 앞에 있었고, 거기서 차로 3분이면 신지면사무소가 있는 읍내였다. 읍내로 말할 것 같으면⋯ 본격적으로 '신지' 간판의 대향연이 펼쳐지는 신지 테마 파크라 할 수 있었다. 신지초등학교, 신지중학교, 신지면사무소, 신지파출소, 신지우체국, 신지보건지소, 신지성당, 신지다목적문화회관, 신지소문난떡방앗간, 신지버스터미널, 신지세탁소, 신지카페, 신지항일운동기념탑⋯⋯. 태어나 한 마을에서 그토록 많은 '신지' 간판을 만난 건 처음이었다.

어느 여행지에서든 '이곳에 언제 다시 올 수 있을까' 생각하면 순간순간이 애틋해진다. 과장을 조금 섞자면 신지도에서 나는 걸으면서도 이미 몇 발자국 전에 지나온 곳이 그리워지는 심정이었다. 이번 여행을 오래 기억할 수 있도록, 발견하는 모든 신지 이정표를 기록하고, 신지 간판 앞에서 인증 사진을 찍겠다고 다짐한 터였다. 관공서가 문을 닫아 다행히 부끄러움을 덜 수 있었던 주말 오후에 간판들 앞에 서서 각기 다른 기념사진을 남겼다. 신지보건지소 앞에서는 배 아픈 연기를, 신지우체국 앞에서는 우체국 직원 연기를, 신지파출소 앞에서는 용감한 표정 연기를 하는 것도 잊지 않았다. 누가 묻기라도 한다면 "아, 제가 여기 왜 왔냐면⋯⋯ 놀라지 마세요. 제 이름이 신지거든요"라고 말하고 싶은데 아무도 이름을 안 물어봐 줘서(숙소 주인조차 사흘 동안 '303호 손님'이라고 불렀을 뿐) 혼자만 신나서 간판 사냥꾼처럼 돌아다니는 게 수상할 지경이었지만.

웃기게도 나는 신지도에서 당당하게 어깨를 펴고 걸었다. 내가 이 섬에 어떤 지분이라도 있는 것처럼. 무슨 일이 일어나도 용감히 나서서 "여러분, 제 이름이 신지입니다!!!" 말만 하면 다 해결될 것처럼. 태어난 이래 가장 자신만만한 심정이었다.

누군가 그랬다. 자기 이름과 같은 지역이나 가게에 방문하면 그 해에는 스쳐 지날 복도 두 배로 받게 되고 이듬해엔 대운이 든다고. ……방금 지어낸 이야기다. 그래도 도플갱어를 만나면 죽는다는 설정보다야 훨씬 낙관적이니까 대충 그런 걸로 치고 싶다. 신지도가 신지에게 행운을 가져다주리라고.

신지도 다음 목적지는 생일도. 생일도는 어느 공무원의 기막힌 아이디어에서 출발했는지 몰라도, 몇 해 전부터 본격적으로 생일자를 위한 섬으로 거듭나고 있는 곳이다(라는 걸 이 여행을 준비하며 알았다). 일단 오늘 생일인 사람은 뱃삯이 무료다. 승선권을 끊을 때 매표소에서 "저 오늘 생일인데요" 말하며 신분증을 보여주기만 하면 '0원'이 찍힌 영수증을 받을 수 있다. '생일이면 0원이고 추억은 영원하지……' 같은 농담을 스토리에 업로드하고 싶은 충동을 참으며, 대접받는 기분으로 배를 타고 15분가량 바다를 가르면 생일도에 도착. 진짜 이벤트는 여기서부터 시작된다. 배의 입도 시간에 맞춰서 항구 대합실 건물의 커다란 전광판에 개인별 생일 축하 메시지를 띄워 주기 때문이다. 메시지는 하루 전까지 '생일면사무소'를 통해서 전화로만 신청할 수 있었다.

　여기엔 약간의 우여곡절이 있었으니, 우리가 섬에 들어가기로 한 건 월요일이라 강은 금요일 오후에 면사무소로 전화를 걸었는데 전광판 담당자가 출장 중이라는 비보를 들었다. 신지도에서부터 인생 최대치로 기분이 좋아져 있는 나를 실망시키게 될까 봐(그 실망 뒤를 감당할 자신이 없어서) 강은 담당자가 언제 돌아오는지, 돌아오기는 하는지 애타게 문의를 했다. 대신 전화를 당겨 받았을 나이 지긋한 아저씨는 일단 전달해 줄 테니 메시지를 불러보라고 했다. 강은 이 방법이 정녕 최선인가 하는 심정으로 아저씨에게 이벤트 메시지를 불러드렸다.

　오늘 치 사회성을 다 쓴 얼굴로 차로 돌아온 강을 보고 전화 통화가 그리 힘들 일인가 싶었는데, 월요일에 항구에 도착하고서야 이유를 알 수 있었다. 담당자가 다행히 출장에서 돌아온 모양인지, 전광판에 내 이름이 등장했고 이어서 이런 메시지가 점멸하기 시작했다.

'신지야 생일 축하해. 평생 함께 여행하자♥'
–신지 생일 평일 프로젝트–


강의 주장에 따르면 하트는 자신이 요청한 적 없으니 담당자의 서비스로 짐작되며, 디테일을 반영한 행갈이와 '–' 표시가 아주 마음에 든다고. 저 문구를 통화로 설명하는 게 곤혹스러웠다는 뒤늦은 토로도 상황 재연과 함께 덧붙였다.


"성함이 신.지.요?"

"네네, 신지도 할 때 '신지'요."

"자아, 그럼 제가 다시 한번 읽어볼게요.

신.지.야.생.일.축.하.해. 평.생.함.께.여.행.하.자. 맞죠잉?"

"아, 저기, 맞긴 맞는데, 그게 끝이 아니라… 마지막에… '신지 생일 평일 프로젝트'라고……."


구차하고도 어렵게 성사된 메시지였다.

비 내리는 월요일, 휴가철인데도 이 섬에 생일인 사람은 나뿐인지 낯부끄러운 메시지는 코로나 안내 문구와 함께 항구에서 계속 돌아가고 있었다. 그 밑에서 기념사진을 50장 정도 남겼다. 대합실 맞은편에는 방문객을 환영하는 초대형 생일 케이크가 세워져 있었다. 하단의 버튼을 누르면 생일 축하 노래도 다섯 가지 버전으로 흘러나왔다. 케이크에 전복과 다시마가 올라간 이유는 생일도가 전국에서 손꼽히는 최상급 전복, 다시마 생산지여서라는 TMI를 확인하며 그 앞에서도 사진을 50장 정도 남겼다.

항구 뒤편 언덕에는 '생일 송을 불러주는 생일송(200살도 훌쩍 넘은 소나무)'이 있었고 작은 섬의 유일한 산, 백운산 중턱에는 '생일테마공원'도 있었다. 가파른 계단을 오르면 사람 키만 한 십이지신 모형들이 케이크나 선물, 반지, 꽃다발 같은 것을 들고 있어서 자기 십이지신을 찾아가 축하를 받으면 되는(?) 테마였다. 쥐띠인 나는 턱시도를 빼입고 한쪽 무릎을 꿇고 있는 쥐 신사로부터 꽃다발을 받았다. 역시 여기에서도 뭐에 홀린 듯이 기념사진.

생일 콘셉트에 은은하게 집착하고 있는 섬이라 어디를 가든 '대체 왜 이렇게까지……'를 중얼거리며 나도 모르게 기념사진을 찍고 있게 되는 곳. 그게 생일도였다. 물론 온 섬의 축하를 받는 기분이 나쁘지 않았다. 신지도가 내가 주인인 섬이라면(아님), 생일도는 내가 주인공인 섬 같았다고 해야 할까.

마지막 여정은 평일도. 사실 8년 전쯤 세 섬이 나란히 있다는 걸 알았을 땐 독특한 이름과 나란한 위치가 신기해서 평일도는 덤으로 기억했을 뿐이었다. 그런데 사람 일 모른다더니 그 사이 나는 무려 '평일도 인생이니까'라는 제목의 책을 쓰고 만 것이다. 그 책은 줄여서 내내 '평일도'라고 불렸으니 이것도 인연이라면 인연이었다.

그리하여 또다시 (남들은 알 리 없는) 간격에 찬 눈빛으로 《평일도 인생이니까》 책을 옆구리에 끼고 평일도에 방문했다. 국내 다시마 생산량의 80퍼센트를 책임진다는 평일도는 "다시마의 고장 평일도 방문을 환영합니다"라는 표지판으로 방문객을 환영했다. 배 위로 건져 올린 거

대한 다시마 사진을 보고서야 너구리라면 속에 들어있는 건 정말 조각일 뿐이구나, 싶었다. 섬 곳곳에는 다시마를 널어놓는 초록색 그물들이 펼쳐져 있어서 멀리서 보면 꼭 초록색 도화지를 여기저기 붙여둔 것 같았다. 조개껍질이 파도에 부서져 만들어졌다는 해변에도 들렀다. 모래 위에 서로의 이름을 쓰는 커플에게서 저만치 떨어진 채로 나 역시 (책을 향한) 애정을 담아 '평일도 인생이니까'를 써보며 놀았다. 바다를 등지고 함박웃음을 짓는 다시마 모형들 사이에 서서 사진도 찍었고.

며칠째 과하게 의미가 부여된 여행을 하느라 지쳐버린 우리는 배를 채우러 부둣가 중국집에 들어갔다. 단무지를 오독오독 씹으며 식당 내부를 둘러보았다. 남의 고장 은행명이 적힌 달력을 보는 것도 좋고, 저 괘종시계가 언제부터 여기 걸려있었을지 가늠해 보는 것도 좋고, 벽지의 꽃무늬를 세어보는 것도 좋았다. 그건 지금 내 마음이 좋아서겠지. 돌아보면 세 섬을 여행하는 내내 그랬다. 식당 간판들을 유심히 읽고, 여기 사는 개들을 만나고, 야식으로 먹을 안주를 포장하러 읍내에 갔다가 끈적한 테이블을 하나씩 차지하고 앉아 웃음을 터뜨리는 이 고장 사람들 틈에 끼여서 생맥주잔을 부딪치고 싶어지는 게 좋았다. 멀리서 존재만 알고 있던 섬에 마침내 와서 추억을 쌓고 있다는 사실이 마음에 들었다.

"맛있게 드세요" 하며 방금 짜장면을 내려놓고 간 식당 주인은 모르겠지. 내가 바로 옆의 섬에서 생일 축하를 받고 온 것도, 그 섬 옆의 섬과는 같은 이름을 가지고 있다는 것도, 내내 섬들의 환대를 받는 기분으로 돌아다니며 들떠있다는 것도. 며칠간 적립한 추억으로 지금 속이 든든해 짜장면을 남길지도 모르는데 그것도 모르시겠지. 현지 사람들은 짐작 못 할, 혼자서만 감동한 풍경과 기억을 품고서 그 땅을 떠나는 게 여행자의 일인지도 모르겠다.


무엇보다 이 섬들에 지친 내가 아니라 홀가분한 나를 데리고 와서 좋았다. 예전처럼 떠나온 곳의 일은 당분간 잊고서 여기 있는 동안만이라도 행복해지고 싶어 온 게 아니어서. 내 이름을 가진 섬에, 삶의 어느 부분으로부터 도망친 나를 데리고 오고 싶진 않았다. 세 섬에서 찍힌 사진 속 나는 소풍 온 아이처럼 웃고 있으니 숙원을 푼 것에 더해 그 바람까지 이룬 셈이다.

예전엔 '시간 되면 꼭 해야지'라고 적던, 언젠가 하고 싶은 일들의 목록들을 지금은 '시간 내서 해야지'라고 적는다. '시간 되면'과 '시간 내서' 사이의 작은 차이를 이제는 알기 때문이다. 시간을 내지 않으면 그럴 시간은 영영 오지 않는다는 걸. 그럴 시간이 어디 있느냐고 말하는 세상을 향해 반복적으로 그럴 시간이 여기 있다고 대꾸해야 한다는 걸. 내가 지금 이럴 때가 아닌데 싶어지는 순간마다 마음을 바꿔 먹어본다. 내가 지금 이럴 때가…… 맞는데 하고. 그럴 때만이 비로소 시간은 내 편이 되어준다는 것도 안다.

퇴킷리스트는 1번을 지운 것으로 됐다. 앞으로도 '시간 내서 하고 싶은 일들'의 목록이, 시시하고 아름다운 일들이, 끊임없을 것을 생각하면 걸음이 느려진다. 삶에는 결승선 테이프 같은 건 없으니 조금 돌아가더라도 좋아하는 길로 걷고 싶다. 그렇게 걷는 동안 무얼 봤는지 얘기하고, 때로는 글로 옮기고, 어떤 장면은 끝까지 혼자서만 간직하는 사람이 되고 싶다. 세 섬에서 주워온 장면들이 그렇듯이.

나는 이제 사는 데 시간을 쓰기로 했다.
이 말을 하게 되기까지 참 오래 걸렸다.

# 안 망했어요,
# 우리 좋은 실패들을 해요

───────

　아나운서 준비를 오래 한 후배가 있다. 대학에 입학하자마자 학교 방송국에 들어갔고, 아카데미를 다니고, 시사상식 스터디를 하고, 한국어능력시험을 보러 다녔다. 매일 리딩하는 모습을 영상으로 찍어서 올리는 스터디도 했다. 여러 번 고배를 마신 뒤 지금은 일반 회사 취업 준비로 전향한 후배는 오랜 아나운서 준비를 끝내기로 마음먹었을 때, 한동안 정말 힘들었다고 얘기했다.

　왜 안 그랬을까. '그동안 허튼 데 시간을 너무 많이 쓴 게 아닐까' 하는 생각이 덮쳐올 때마다 아무것도 결정된 것 없는 미래가 막막하게 여겨지곤 했다고. 나도 안다, 그 기분. 공들여 애써온 일을 그만둘 때, 가던 길을 되돌아 나오는 기분. 이 길로 오지 말았어야 하는데, 나에게만 막혀있는 길인 걸 알았더라면 애초에 들어서지 않았을 텐데, 예전의 그 갈림길에서 다른 쪽을 선택했더라면 지금쯤 뭐가 돼도 되어있을 텐데, 하는 생각들. 그럼 우린 괜한 시간을 산 걸까? 정말 그 시간을 허튼 데 쓰고 만 걸까?

　그 후배는 지금 누구보다도 프레젠테이션을 잘하는 사람이 되어있다. 등을 곧게 펴고 청중들과 차분하게 눈을 맞추면서 정확한 발음과 전달력 좋은 목소리로 자신이 준비한 이야기를 펼쳐놓는 사람이. 한번은 인턴으로 일하고 있는 마케팅 회사에서 프레젠테이션을 할 기회가 있었는데, 지켜보던 사람들 모두 발표장을 나오며 '다고난 것처럼 발표를 잘하더라' 입을 모아 칭찬했다고 한다. 타고난 걸로 보이는 노력의 결과라니. 그 얘기를 듣고 나 역시 조금 감명을 받아버려서 답했다. 사람들 앞에서 프레젠테이션하는 일을 하게 된다면 너는 누구보다 잘 해낼 거라고. 꼭 그게 아니어도 너의 이 역량이 빛을 발할 기회가 분명히 올 거라고.

그렇게 치면 지난 몇 년은 후배가 걱정한 대로 '허튼' 시간은 아니었던 셈이다. 비록 원하던 일을 이루진 못했지만, 그동안 쌓인 경험과 실력이 내 안에 남아서 삶의 어느 때든 적절하게 도움이 되어줄 테니까. 지인 중에는 방송사 PD를 준비하다가 시험에 계속 떨어지며 결국 다른 회사에 취직한 경우도 있는데, 지금은 신입 사원 연수 프로그램을 운영하면서 이전에 없던 센스 넘치는 교육 영상을 만들어 훌륭한 평가를 얻고 있다. 수많은 PD 지망생 중 돋보이는 1인이 되지는 못했지만, 그 회사에서 그는 누구도 하지 못한 일을 해내는 하나뿐인 인재로 인정받고 있다.

그런 인생을 단순히 실패 뒤에 찾은 '플랜 B'라고 함부로 요약해 버릴 수 있는 걸까? 요약은 언제나 중요한 디테일을 지우고, 하나의 경험을 가장 호명하기 쉬운 낱말로 대체한다. '실패'라는.

물론 불합격은 쓰라리다. 나 역시 혼자만 벼르는—나를 뽑지 않다니 어디 잘되나 보자(잘 되더라), 언젠가 복수할 거야(복수할 기회도 없다)—회사들이 몇 군데 있는데 시간이 지난 뒤 돌아보면 탈락했다고 그 경험이 바로 '아무것도 아닌' 게 되는 건 아니었다. 지원서를 쓰면서 현재 내 상황을 새로 고침 하듯 들여다보았고, 숱한 질문들 앞에 나는 어떤 대답을 가진 사람인가 고민해 볼 수 있었다.

　　지원한 회사에 대해 알아보는 동안 업계의 분위기나 동향도 알게 되었다. 잘못 생각하고 있던 것, 어설프게 알던 것을 수정할 기회도 있었다. 덕분에 다른 데 가서 그것들을 써먹을 수 있었다고 생각한다. 그때 알았나. 경험은 대답이 된다는 걸. 인터넷에서 찾아 외우는 모범 답안이 아니라, 단단한 목소리로 말할 수 있는 나만의 대답이.


　　그러니까 실패가 결코 다 실패는 아니다. 우리가 소설 속 주인공이라면, 원하는 것을 얻지 못하고 끝나는 모든 이야기가 새드 엔딩은 아닌 것처럼. 그런 소설은 항상 주인공의 마음이 이야기의 시작과 달리 성장한 것을 보여주며 끝난다. 책 《소설가의 일》에는 이런 문장이 나온다.

"비극이란 주인공이 원하는 것을 얻지 못하고 끝나
는 이야기를 뜻하는 것이지, 비관적인 결론으로 끝
나는 이야기를 말하는 게 아니기 때문이다. 원하는
것을 얻지 못한다고 반드시 불행으로 귀결되는 것
은 아니다."

–김연수, 《소설가의 일》 중에서

사실 긴 인생에서 우리가 진짜 실패라 부를 만한 것은
없는 게 아닐까? 무언가를 원했지만 이런저런 제약으로
이루지 못한 것뿐. 해봤는데 생각대로 안 된 것뿐. 그런
경험에 대해 어쩌면 이 사회가 너무 자주 '실패'라는 꼬리
표를 붙이고 있는지도 모른다.

실패하면 망한다, 적당히 보장된 길로 가라, 그런 목소
리들을 두려워하다 보면 안전한 선택만을 하게 된다. 그
리고 안전한 선택은, 대체로 마음을 속이는 선택이 되기
쉽다.

망할까 봐 두려워 아무 선택도 하지 않거나, 생각대로 되지 않은 일을 스스로 '실패'라 부르는 대신, 계속해 보고 싶다. 우리를 앞으로 나아가게 해줄 좋은 실패, 실은 좋은 경험들을.

그럼에도 좌절에서 빠져나오기 힘들 땐 '열린 결말'이라 생각해 보기로. 우리의 이야기는 아직 쓰이는 중이고, 살아가는 모두에게 인생은 열린 결말인 셈이니까. 이 경험이 나를 어떤 길로 이끌어갈지, 어디까지 데려갈지 지켜보는 마음으로 걷고 싶다.

덜 낙담하면서 더 씩씩하게. 결말이 정해지지 않은 한 편의 이야기 속을.

# 마침내,
# 여백 있는 하루

―――――

　회사를 그만두며 해 떠 있는 시간이 온전히 비워졌다. 뭐 할래? 누군가 하루 동안 쓸 자유이용권을 내민 것처럼, 갑자기 시간을 선물받은 기분이었다. 퇴사 전에는 이 것저것 떠오르는 것들을 일기장 여백에 적어보기도 하고, 그 떠올림만으로 기분이 좋아지곤 했는데 진짜 시간이 생기고 나니 그냥 비어있는 채로 두고 싶었다. 빈자리는 언젠가 천천히 채워지게 마련이므로, 자연스럽게 무엇이 차는지 시간을 두고 지켜보고 싶었다. 퇴직금이 떨어질 때까지는 먹고사는 문제를 고민하지 않기로 나와 약속한 뒤였기 때문에, 적극적이고 완전한 백수가 될 수 있었다. 그러니까 이것은 진짜 방학이었다. 30대 후반에 긴 방학을 갖게 된 심정이 어떻냐면… 길 가다 모르는 사람을 붙잡고 "안녕하세요, 퇴사자입니다"라고 자기소개를 하고 싶을 정도다. 마스크 속으로 마른 잇몸이 숨겨져서 다행이다.

아침에 눈을 뜨면 일어나고 싶을 때 일어난다. 특별한 날이 아니면 알람은 맞추지 않는다. 지난 세월 동안 알람에 의지해 하루를 시작했으니, 이젠 충분히 자고 내 의지로 일어나고 싶어서다. 졸릴 때 자고, 깨고 싶을 때 깨는 것만으로 자연의 리듬에 맞춰 사는 기분이 든다. 거실로 나와서 물 한 잔을 마시고, 창문을 열어 화초들에게 바람을 쐬어준다. 작업실 창문을 열 때에는 오늘의 날씨를 획인하며 창밖 풍경을 사진으로 찍는다. 아침 리추얼 중 하나다. 매일 '오늘 도착한 아침'이라는 이름으로 계절의 흐름을 기록하는 일. 어제와 별반 다른 게 없는 듯해도 숨은 그림찾기를 하듯 오늘 속에만 있을 디테일을 살피다 보면 알게 된다. 어제보다 조금 식은 아침 공기, 소쩍새 소리가 사라지고 매미 소리가 요란해진 것, 가장 먼저 물들기 시작한 나무……. 날마다 아름다운 것을 하나씩 발견하는 기분이라 좋다. 그러는 동안 서서히 잠에서 깨어난다.

작업실에는 어젯밤 미리 깔아둔 요가 매트가 있다. 그 위에 앉아 천천히 스트레칭을 한다. 오래 해온 몇 가지 익숙한 동작들을 순서대로 하는 것뿐인데 이젠 이 루틴대로 몸을 펴주지 않으면 종일 찌뿌듯한 기분이 든다. 그런 후엔 샤워를 한다. 백수가 된 후 스스로를 관찰하면서 알게 된 사실 중 하나는, 아침에 꼭 씻어야 '하루를 새로 시작하는' 기분이 들면서 뭐라도 할 마음이 잡히는 사람이라는 것. 귀찮아서 안 씻고 떡 진 머리로 앉아있으면 오늘이 아니라 어제부터 38시간을 이어서 살고 있는 것처럼 늘어져 있게 된다. 그러니 씻고 여기서부터 새로운 하루를 시작하는 것이다. 책상 옆의 빈 벽에는 하루의 루틴을 적어둔 종이가 있는데, 이 시간은 '환생 타임'이라 적혀있다. 5분 환생을 마치고 개운한 몸과 마음으로 커피를 내린다. 커피콩을 가는 동안 집안에 천천히 번지는 냄새가 좋다. 신선한 원두 위로 뜨거운 물을 부으며 구름처럼 부푸는 커피 가루를 보는 것도 아침의 기쁨 중 하나.

　9시부터는 동료들을 만나는 시간이다. 실제로 만나는 건 아니고 구글 미트를 켜두고 각자 오전  작업을 한다. 밀린 일기를 쓰고, 어제 읽다 만 책을 읽고, 원고 구상만 하다 끝날 때도 있지만 글 쓰는 책상 앞, 여기가 오늘도 내 자리라고 생각하고 앉는 기분이 좋다. 몇 달 전만 해도 아침 9시는 회사 카페에서 사온 커피를 내려놓고 오전에 해야 할 일들을 정신없이 처리하던 시간이란 것을 생각하면, 새소리만 들리는 고요하고 느린 아침이 낯설다. 지금은 정말 읽고 쓰는 일에 대해서만 고민하면 되는구나. 그게 문득 사치스럽게 느껴진다.


　오전을 그렇게 보내고 나면 재택근무 중인 반려인 강과 함께 점심시간에 맞춰서 간단한 점심을 차려 먹고, 오후에도 작업실에서 시간을 보낸다. 4시쯤 되면 아직도 하루가 길게 남아있다는 사실이 새삼스러워진다. 회사에 다닐 때에는 가장 지쳐있던 시간대기도 했다. 이럴 땐 오로지 '퇴사를 했기에 가능해진' 일을 하며 행운을 직접 만져봐야 한다. 날씨가 좋은 오후엔 산책을 나선다. 걷고 싶은 시간대에, 걷고 싶은 만큼 걸을 수 있는 건 지금이어서 가능한 기쁨 중 하나가 아닌가 하며, 한낮의 산책이라는 호사를 누린다.

약속이 없는 날은 집에서 저녁을 지어 먹는다. 밥을 한 숟갈 떠먹다가 노을이 진다 싶으면 작업실로 달려가 오늘의 노을을 확인한다. 작업실의 서향 창을 사랑하는 방식 중 하나다. 매일의 노을을 잊지 않고 지켜보기. 어둠이 내린 뒤엔 자유 시간이다. 강과 넷플릭스를 보는 날도 있고, 맥주 한 잔을 마시며 책을 읽는 날도 있다. '밑미'에서 진행 중인 기록 리추얼 방에 오늘 치 기록을 인증하고 멤버들의 글에 댓글도 남긴다. 1시쯤 잠자리에 든다. 특별한 일이 일어나지 않는 슴슴한 평양냉면 맛의 하루. 하지만 이전과 달리 천장의 무늬를 올려다보며 오늘 하루도 이 정도면 괜찮았어, 생각한다.


일상을 챙기려 마련한 루틴들도 결국 나와 한 약속이

므로 되도록 유동적으로 생각한다. 너무 많은 규칙을 만들고 싶지 않다. 피곤한 날엔 건너뛰어도, 좋아하는 일을 먼저 하고 싶다면 그래도 된다.

다른 일을 하다가도 오늘 시간 되냐는 친구의 전화에 언제든 반갑게 밖으로 나갈 수 있다. 드문드문 찾아오는 약속이, 나에게 시간을 내어주는 사람들이 귀해졌다. 일에 매여있을 때는 퇴근 후에 지쳐서 누군가를 만날 에너지가 없었다. 그럴싸해 보이는 핑계를 대며 약속을 취소할 때가 잦았고, 그러지 못해 나간 자리에서는 마지못해 나온 사람처럼 앉아있었다. 사람들 얘기가 한 귀로 들어와 다른 귀로 흘러 나가는 느낌이었다. 지금 힘든 내가 제일 중요해서, 다른 이의 삶이 그리 궁금하지 않았다.

내 마음에 여백이 생기자, 이제야 누군가를 만나러 나간 자리에서 이 사람을 '만나고' 있다는 생각이 든다. 말하다 보니 예전의 내가 점점 별로로 느껴지는데… 그렇게 느껴진다면 그건 사실이겠지. '언제 한번 보자'의 '언제'를 미루지 않고 정할 수 있어서 좋고, 만나서 충분히 집중할 수 있어 좋다. 오랜만에 마주 앉으면 역시 에스테틱 중 최고는 '퇴사테틱'이라며 얼굴이 밝아 보인다는 인사를 듣는다. 말하다 보니 예전의 내가 그렇게 그늘져 있었나 싶어지는데… 그렇게 느껴진다면 아마 그랬을 것이다.

쓰고 싶은 글을 쓰고, 먹고 싶은 밥을 먹고, 날씨가 너무 좋다 싶은 날엔 산책하러 나갈 수 있는 자유가 얼마나 소중한 것인지 매일 느낀다. 그게 행운이라는 걸 생각하면 지금 내 하루 중에서 당연한 것은 아무것도 없어진다. 그래서 요즘 나는 시간이 아깝다. 어렵게 얻은 시간을 허투루 쓰고 싶지 않다. 잠을 줄여가면서 뭘 더 공부하거나 얻기 위해 노력할 때 느끼는 아까움이 아니라, 이 시간에 내가 행복하지 않으면 의미가 없다고 생각하며 느끼는 아까움이다.

가장 좋은 것은 비로소 여백 있는 일상이 가능해진 것이다. 내가 어떻게 하느냐에 따라 여백이 늘어나기도 하고 줄기도 하는. 그러니까 '내가'라는 분명한 주어를 가지고 사는 삶. 탓할 남도 없고 댈 핑계도 없다. 잘 보낸 하루도 못 보낸 하루도 온전히 나의 몫이다. 내가 선택하지 않은 일은 누구도 시키지 않는 삶 속에서, 선택한 일을 잘 해내기 위해 애쓴다.

뇌과학자 장동선 박사는 한 팟캐스트에 출연해 사람이 행복하기 위한 세 가지 조건을 이렇게 말한 적 있다. 내가 스스로 선택한다는 '자율성', 어떤 것을 배워가면서 더 나아진다고 느끼는 '성취감', 마음 맞는 사람이 나를 알아주는 '연결감.' 그러니까 지금의 삶은 이 세 가지를 가지런히 놓고 나를 조율해 보는 시간인지도 모르겠다.

좀 더 자본주의적으로 말하자면, 나는 이 시간을 돈으로 샀다고 생각한다. 내 동생이 번 돈이다. 지난여름 남쪽으로 휴가를 떠나는 차 안에서 문득 감격스러워져 말한 적 있다. "아, 일 걱정 없이 떠나는 여행이 얼마 만인지 모르겠어." 운전을 하던 강이 말했다. "그게 다 지금껏 열심히 일한 동생 덕분인 줄 알아. 고마워해야 돼." 강의 논리는 이랬다. 과거의 나는 동생이고, 미래의 나는 언니인데 스물여섯부터 지금껏 쉬지 않고 일해온 동생한테 지금의 삶을 빚진 셈이니 고마워해야 한다고.

그게 뭔 소리야! 하면서 웃다 보니, 없던 자매가 생기기라도 한 것처럼 문득 삶이 든든해졌다. 내가 늘 가지고 싶었던 게 그거였는데. 자매. 내 동생은 정말 성실한 애였다. 한번 맡은 일은 책임지고 해내려고 애썼고, 읽고 쓰는 일만 하고 싶어 하는 언니를 위해 원하는 삶을 잠시 유예할 줄도 알았다. 그 성실한 애 덕분에 내가 이렇게 긴 여름휴가를 쓸 수 있게 된 셈이다. 회사 일 걱정 없이. 출근에 대한 부담 없이.

그러니 방학이 끝나면 이젠 정말 글을 쓸 것이다. 내가 선택한 일을 계속 사랑하며 조금씩 나아지는 데에 다가올 시간을 쓸 것이다. 여태 애써준 동생한테 고마워하는 맘으로, 미래에서 기다릴 언니를 생각하는 맘으로.

# 부족해서
# 계속되는 세계

————

　당분간 노는 게 제일 좋은 뽀로로의 심정으로 살고 싶었던 내게 유일한 걸림돌이 있다면 올해 마감하기로 한 책이 있다는 것(맞다, 이 책 얘기다). 쓰긴 써야겠는데 노는 시간이 너무 달콤해서 도무지 마음잡고 앉아 '시작'이란 걸 할 수가 없었다. 미루기 대왕에게 미루는 건 일도 아니다. 가능한 한 미뤄보았다. 그 무렵 내 말버릇은 "다음 달 1일부터 새로 태어나겠다"는 거였다. 다만 그 다음 달이 누가 물을 때마다 5월에서 6월로, 6월에서 7월로 계속 바뀌었을 뿐. 망원동에서 '작업책방 쓰'을 운영하는 동료 작가 '미화리'는 요즘 우주의 운행에 문제가 없는지 나를 통해 확인하곤 했다.

"신지 님, 글 쓰고 있어요?"
"다음 주 월요일부터 새로 태어날 예정입니다."
"아, 오늘도 해가 동쪽에서 떴구나."

갖은 핑계를 대며 매달 '1일'과 '월요일'을 소환하곤 했는데, 8월은 하필 1일이 월요일이라 더 이상 물러날 데가 없었다. 8월 1일, 오늘부터 나는 한 살이다.

새로 태어났더니 신생아답게 서툰 게 한두 가지가 아니었다. 혼자서는 도저히 안 되겠다 싶어서 가까운 동료들과 모닝 글쓰기를 시작했다. 일명 '모글모글.' 평일 아침 9시 각자의 책상에 앉은 채로 구글 미트로 만나 점심시간까지 글쓰기를 하고 헤어지는 모임이다. 이렇게 말하면 작가들의 성실한 마감 모임같이 들리지만 대충 어떤 분위기냐면… 평일 5일 중 4일은 (어쩌다 보니) 방장이 된 내가 "잠시만!! 10분만 이따가!!"를 외치는 것으로 시작한다. 8시 50분에 눈을 떠서인 날도 있고, 8시 54분에 눈을 떠서인 날도 있고, 8시 56분에 눈을 떠서인 날도 있다. 방금 일어났다는 말은 방장으로서 모양 빠지는 소리이기에 눈곱을 떼면서도 늘 향기로운 핑계, '아직 커피를 못 내려서'라고 둘러댄다. 아침을 여는 말은 하루 전체에 영향을 미치므로 부정적인 말(오늘도 기상에 실패했다든가, 이런 나라서 미안하다든가)은 되도록 삼키는 게 좋다. 아무튼 다들 내가 방금 일어났다는 걸 눈치챈 것 같지만 다정한 사람들이라(혹은 별반 사정이 다르지 않아서) 알았다고 천천히 오리고 한다.

　9시 12분쯤 구글 미트를 열면 화면에 서로의 부은 얼굴이 두둥실 보름달처럼 떠오른다. 이때부터 대략 15분가은 스몰 토크 타임이다. 이것도 디 이유가 있다. 하루를 내가 기대하는 일, 좋아하는 일로 시작해야 '기분 일치 효과'를 누릴 수 있(다고 책에서 읽었기 때문이)다. 다시 말해 하루를 기분 좋게 시작하면 긍정적인 사고가 충전되어 그날 어떤 문제가 발생하더라도 빠르게 평정심을 되찾고

유연하게 대응할 수 있다는 것. 비슷한 일을 하며 비슷한 고민을 가진 동료들과 나누는 대화는 당연히 '아침의 좋은 일'에 속한다. 그래서 대체로 무슨 얘기를 하느냐면… 아니, 나 왜 이렇게 부었지? 어제 떡볶이 먹고 자서 그런가. 야식은 떡볶이죠. 저는 어제 진짜 오랜만에 술을 마셨는데, 칵테일 일곱 잔이었나? 집에 와서 토했잖아요. 저도 요새 맥주 네 잔만 마셔도 담날 머리가 아프더라고요. 500으로 네 잔? 그건 그냥 많이 마신 거 아닌가. 그게 중요해요, 지금. 주량이 줄었다는 게 중요하지. 여러분, 오래오래 술 마시려면 역시 운동을 해야 돼요. 맞아, 운동해야 되는데……. 저도요…….

간혹 북 토크에서 동료 작가들과 모이면 주로 무슨 얘기를 나누느냐는 질문을 받곤 하는데, 대답을 머뭇대는 건 이래서다. 대략 술과 건강에 대해 얘기한다. 그렇게 떠들다가 문득 한 명이 정신 차린 표정을 지으면, 책상 위로 눈곱처럼 흩어진 양심을 추스르며 각자 오늘 오전 작업 목표가 무엇인지 돌아가면서 발언한다. 외주 세 건의 콘

티를 짜겠다! 매거진 마감 기사를 송고하겠다! 미뤄둔 메일 회신을 하겠다! 오늘은 진짜 원고 마감을 하겠다! 뭐 이런 포부를 밝히지만 이미 약속된 오전 시간은 두 시간 정도밖에 남지 않았고 집중, 집중을 외치며 음 소거 버튼을 누르는 것으로 모글모글의 'ㅁ'쯤에 이른다(그렇다고 바로 글쓰기에 돌입하는 건 아니고, 오늘의 자아에 어울리는 가상 필터를 고르는 데 1분 정도를 소비한다. 평소보다 명랑한 날엔 '감튀'의 기분을 담은 프렌치프라이 필터를, 무던한 날엔 커다란 초록색 공룡 필터를, 파이팅이 필요한 날엔 애꾸눈 해적 필터를 쓰는 식이다).

그렇게 대략 9시 30분부터 (드디어) 진짜 작입 모드에 들어간다. 20분 정도 집중하다가 고개를 들어 화면을 보면 자주 배가 아픈 D는 화장실에 가고 없고, H는 손으로 슥슥 그린 담배 그림을 캠 앞에 세워둔 채 현관문을 나서고 있고… 나도 에잇, 커피나 한 잔 더 내려야지 하면서 자리를 뜬다. 한 명씩 화면에서 사라졌다가 다시 나타나기를 반복하다 보면 금세 11시 45분이 되고 이제 헤어질 시간이다. 11시 45분은 구남친 같은 구회사의 점심시간이 시작되는 때다. 퇴사한 지 몇 개월이 지났지만 아직도 위장에 회사가 묻어있어 굳이 회사 점심시간에 맞춰 밥을 먹는 이상한 사람, 그게 나다. "점심시간이다, 야호!" 하는 반가움이 몸에 각인된 채로 떨어지질 않아서인가 보다.

　이런 식이니까 정작 '모글모글'이란 이름에 걸맞게 완성된 글은 그리 없다. 다만 셋이서 입을 모아 말하는 이 모임의 효용은 다른 데 있다. 출근이 없는 세 명이 출근하듯이 아침 9시(실은 9시 12분이지만)에 책상 앞에 앉게 된다는 것. 혼자였다면 아마 오늘은 비가 오니까, 피곤하니까, 일어날 기분이 아니어서 등등의 이유로 침대에서 빠져나오기를 미루었을 것이다. 빛의 속도로 합리화하는 게 특기인 내 경우 더 그렇다. 하지만 셋이서 같이한 시간 약속이므로 우리는 이 시간을 되도록 지키려 하고, 부은 눈과 눈곱 덜 뗀 얼굴로 컴퓨터 앞에 앉는 것이다. 드물게 집중하다 고개를 들면 골똘해진 동료들의 얼굴을 보는 것도 좋다. 몸은 떨어져 있지만 같은 책상을 나눠 쓰는 기분. 그거면 됐다. 쓰는 건… 오후의 내가 하겠지.

자, 그럼 이제 황량한 마감의 벌판에 혼자 남은 오후 시간엔 어떻게 될까. 처음엔 퇴사만 하면 하루 종일 쓰는 일에 매진할 수 있을 줄 알았는데, 이젠 인정한다. 착각이었다. 나는 쓰기를 좋아하는 인간이 아니라 놀기를 좋아하는 인간이었다. 회사가 나를 책상 앞에 묶어두던 것만큼이나 스스로를 책상에 묶어두는 것 역시 괴로운 일이었다. 울며 겨자 먹기로 글을 쓰다가 근데 이 말을 처음 떠올린 사람은 대체 겨자를 얼마나 먹은 걸까? 얼마나 매웠을까? 하는 생각에 빠지고 의식의 흐름에 따라 '특이한 우리나라 속담 100' 같은 것을 찾아보다가 별수 없다는 듯 '오늘 (굳이) 작업하지 않아도 될' 핑계를 찾아내는 식이다. 날씨가 좋으니까 잔디밭에 돗자리를 깔러 나가자, 대파가 떨어졌네 큰일이군, 마트에 가야겠다 등등. 아니면 책상 앞에서 시급하지 않지만 지금 꼭 하고 싶은 일을 했다.

이를테면 창밖에서 들리는 매미 소리를 구분할 줄 아는 멋진 어른이 되기 위해 유튜브로 매미 소리 공부하기. 바로 어제의 일이다. 써야 할 글은 안 쓰고 유튜브에서 매미 이름과 소리와 특징을 번갈아 받아 적고 있던 게.

참매미 : 뫼욤뫼욤뫼욤매애애애애···.*

애매미 : 뚜뚜뚜뚜어쓰 → 쓰이요스 쓰이요스 쓰이요
스···**

\* 산책로에서 많이 들었던 소리
\*\* 제일 그루브가 있는 편

나도 양심이란 게 있는 인간이므로 그러다 아차 또 딴
데로 새버렸네, 하고 정신을 차린다. 아무래도 디퓨저 향
이 약해진 탓일지 모른다. 자리에서 일어나 책장 한 편에
놓아둔 디퓨저 용기를 한 번 흔들고 스틱을 뒤집어 꽂는
다. 마감 생활을 늘 응원해 주는 친구가 작업실이 생긴 걸
기념하며 선물한 교보문고 향 디퓨저다. 동봉된 엽서에
는 "교보문고를 접수하는 작가가 돼주세요"라는 다정한
메시지가 적혀있었다. 우리 엄마보다 더 나를 응원하는
것 같다. 아, 작업실에 떠도는 교보문고 향기. 은은하게
코끝을 스치는 성공의 향기. 이 향기로 이미지 트레이닝

을 하며 글을 쓰면 "이렇게 잘 될 줄 저도 몰랐어요" 겸손을 떨게 해줄 베스트셀러 한 권이 뚝딱 만들어질 것도 같다. 물론 쓰기 시작한다면 말이다.

대체 마감 실패기를 언제까지 주절거릴 셈이냐, 나무라는 초자아의 눈치를 보다가 방금 깨달은 사실이 있다. 마감 빼고는 다 재밌을 때 막힘없이 써 내려갈 수 있는 유일한 글은… 마감하기 싫다는 글이다. 바로 이 글 말이다.

아무래도 8월은 틀린 것 같다. 1일과 월요일이 힘을 합쳐 등을 떠밀어주었음에도 불구하고 쉽지 않았다. 9월 1일이 무슨 요일인지 달력을 넘겨본다. 월요일이 아닌 목요일이라 조금 아쉽지만, 아쉬운 대로 그날 다시 태어나도 괜찮을 것 같다.

이대로 책상에서 일어나버리기엔 양심에 찔리므로 늘 주장하는 '예열의 독서(글 쓸 마음이 충전되는 독서)'를 위해 책꽂이를 뒤적인다. 마감이 이렇게까지 힘든 이유를 심층적으로 분석하기 위해, 여러 작가들이 마감의 어려움을 토로한 책《쓰고 싶다 쓰고 싶지 않다》를 펼친다. 그렇잖아도 모글모글 동료 작가들이 마감계의 큰언니 이다혜 기자의 글을 가장 먼저 찾아 읽고 너도 빨리 뼈를 맞아 보라고(?) 친절히 추천해 준 터였다.

쓰고 싶지 않다면 쓰지 않으면 된다. 나나 당신이 글을 쓰지 않는다면 세상의 몇 사람은 아쉬워하겠지만, 어쩌면 눈물을 흘릴지도 모르지만, 그 사람들조차 얼마간 시간이 지나면 다른 이들의 글을 읽고 있으리라고 장담할 수 있다. 꼭 내가 써야 하는 글이 세상에 있을까?

책을 들고 있던 오른팔이 순살이 된 것 같아 왼팔로 고쳐 잡는다.

쓰지 않은 글을 쓴 글보다 사랑하기는 쉽다. 쓰지 않은 글은 아직 아무것도 망치지 않았기 때문이다.

마감으로부터 도망치는 모든 작가들의 마음 상태를

이보다 더 적확하게 표현할 수 있을까? 그들은, 아니 나는 지금 망치고 싶지 않은 것이다. 아무것도 망치지 않은 상태에, 가능태로 머물고 싶은 것이다. 왜냐면 쓰기 시작하는 순간 분명 머릿속에 있을 때보다, 글감 상태로 머물 때보다 별로인 글이 나올 것이므로. 어떻게든 '실제로 쓰는' 시간을 지연시키고 싶은 것이다. 하지만 이 훌륭한 문장이 앞뒤 맥락이 잘린 채 SNS를 구천처럼 떠도는, 오해받는 명문 중 하나가 되어선 안 된다. 우리의 큰언니는 곧이어 이렇게 말하고 있다.

> 하지만 쓰지 않은 글의 내력이란 숫자에 0을 곱하는 일과 같다. 아무리 큰 숫자를 가져다 대도 셈의 결과는 0 말고는 없다. 뭐든 써야 뭐든 된다.

쓰기 싫으면 쓰지 않으면 된다고, 꼭 네가 쓸 필요는 없다고 뼈를 때리다가 그래도 써볼래? 하고 종이를 들이미는 듯한 손짓에 어느덧 고분고분해진다. 그리하여 쓰기 괴로워 몸부림치다가, 쓰기 괴로워하는 사람의 이야기를 찾아 읽던 나는 그 괴로운 일을 다시 하기로 마음먹는다. 사실 마감은 늘 이런 순환을 반복한다. 쓰기 싫다, 쓰기 싫다, 그건 잘 쓰고 싶기 때문이다, 그럼 잘 쓸 생각 때려치우고 일단 그냥 써볼까, 아무 말이나 써보자, 어라, 방금 그 문장은 좀 괜찮은데? 이 문장을 노처럼 붙잡고 조금 더 물살을 헤치며 나아가보자. 그러다 보면 초고라고도 부르고 싶지 않은 상태의 글이 한 편 완성된다. 쓰지 않은 글보다 별로인 게 분명한 쓰고 만 글, 하지만 0은 아닌 글이.

어쩔 수 없다. 이 일이 나에게는 괴로워하면서도 잘 해내고 싶은 일이기 때문이다. 누가 시켜서 하는 일이 아니라 내가 하고 싶어서 하는 일이기 때문이다. 오랜 시간 동안 여러 시행착오를 거쳐 찾아낸, 나라는 사람으로 충만하게 살 수 있는 일이기 때문이다. 내가 어떤 문장을 쓸 수 있는 사람인지, 어떤 이야기를 전하고 싶어 하는지 계속 발견해 가면서 때때로 고양감을 느끼고 싶다. 그래서 매일 도망치면서도 계속 내가 있고 싶은 자리, '내 자리'라고 부르고 싶은 자리, 책상 앞으로 돌아온다.

삶에서 무언가가 올 때 좋은 것만 오지는 않는다는 것을 알 만큼은 나이가 들었다. 체에 거르듯이 좋은 것만 취할 수는 없다. 어떤 것을 얻기 위해 감당해야 하는 다른 것에 대해 늘 생각한다. 맥주의 즐거움은 뱃살과 함께 받아들여야 하고(안 받아들이려면 유산소 운동 한 시간 추가), 글을 쓰기 위해선 늘 일정량의 괴로움을 받아들여야 한다.

그러다가 드물게 마음에 드는 글을 쓰는 날이 있다. 그럼 그 글이 그동안 힘들었던 건 이걸로 퉁을 치자고 말을 걸어온다. 시간과 노력을 따지자면 이렇게 수지 타산이 안 맞는 거래도 없다. 그런데도 이상하게 퉁이 쳐진다.

아이러니하게도 글쓰기의 좋은 점은 바로 거기에 있다. 충분해서가 아니라 부족해서, 잘해서가 아니라 못해서 계속할 수 있다는 것  나아지려고 계속해 보는 세계. 잘 쓰려고 애쓰는 세계. '아는 기쁨'을 다시 한번 느끼고 싶어서 열 번의 '아는 실망'도 견디는 세계. 쓰지 않은 글보다 명백히 별로인 글을 어떻게 하면 나아지게 할 수 있을까 고민하며 혼자서 수없이 문장을 덜거나 더하고 위치를 바꿔보고 그러다 통째로 지우고 다시 쓰기도 하는 세계.

하다가 그만두고 싶어지는 일이 아니라 계속 더 해보고 싶은 일을 만난 건 다행이라고 말할 수밖에 없다. 나의 부족함이 이 세계에선 계속할 수 있는 동력이 된다는 사실도.

# 거기까지가
# 나예요

───────

　여기서부터는 뒷걸음치다가 쥐를 잡은 소의 이야기. 그러니까 이 방법도 저 방법도 써보다가 엉겁결에 맞는 작업법을 찾아낸 여정에 대한 이야기다.

　새로 태어난 탓일까? 통잠을 자지 못하는 아기처럼 시간을 통으로 쓰는 게 어려웠다. 하루에 초고 한 편을 써야지, 마음먹는 건 쉬워도 내가 어느 정도의 집중력을 갖고 있는지 일의 속도는 어떤 편인지 파악이 되어있지 않으니 작업량이 들쑥날쑥했다. 뭐에 꽂혔는지 한 시간 동안

글 한 편을 써 내려간 날도 있었는데, 그런 날은 안심해서 남은 시간을 다 날렸고, 하루 종일 책상 앞에 앉아있었지만 딴짓만 하다 끝나버린 날도 있었다. 아무래도 나만의 작업 규칙을 만들어야 할 것 같았다.

가장 널리 알려진 뽀모도로 작업법(25분 주기로 일과 쉼을 반복하는 방법)을 적용해 보기로 했다. 그럼 제일 먼저 뭘 해야 할까? 뽀모도로 타이머를 사야지. 허튼소리 하지 말라는 동료 정지혜 작가의 만류("요새 그거 다 앱으로 나와 있어 이 사람들아!")에도 불구하고 스마트스토어에서 예쁜 뽀모도로 타이머를 찾는 데 열을 올렸고, 모글모글 멤버인 김달님 작가와 함께 서로에게 시계를 사주는 것으로 (작업은 안 하고 장비만 늘린다는) 죄책감을 탕감했다.

집에 도착한 시계를 설레는 맘으로 풀어서 작동시켜 보았는데… 25분이 줄어들며 내는 초침 소리가 커도 너무 컸다. 존재감이 어찌나 뚜렷한지 작업실에서 작동시켰는데도 거실에 앉아있던 강이 웃음을 터뜨렸다. "되겠어?" 안 될 것 같았다. 《피터 팬》에 나오는 시계를 삼킨 악어가 시시각각 다가오는 기분. 초조해서 도무지 원고를 쓸 수 없었다. 자, 다음 방법.

어느 책(대체로 인생을 책으로 배운다)에선가 시간보다 분량으로 목표를 삼아보라는 조언을 발견했다. '하루 세 시간 글쓰기'가 아니라 '하루 A4 한 장 쓰기' 하는 식으로 어떻게든 분량을 채우라는 것이었다. 막연히 시간을 채우는 목표보다 물리적으로 결과물이 남는 목표라서 좋다는 말에 현혹되어 포스트잇에 '하루 A4 한 장 반!'이라고 써서 모니터에 붙여두었다. 그리고 이튿날부터 의식적으로 모니터 하단 부분을 보지 않게 되었다(흐린 눈을 할 거면 대체 목표를 왜 붙여두는지 모르겠다).


목표가 무엇이든 문제는 집중력 같았다. 1일과 월요일에 새로 태어나는 사람답게, 매시 정각 새로 고침 하듯 집중해 보기로 했다. 커피를 내리느라 책상에서 멀어지거나 뭘 좀 찾으려고 인스타그램을 열었다가 돋보기 탭에서 벗어나지 못하더라도 반드시 10시 정각, 11시 정각에는 책상 앞으로 돌아와 문서 창을 열고 뭐든 써나가는 방식. 처음 며칠은 순조로웠는데 막상 정각부터 집중하는

지속 시간이 들쭉날쭉하니 이번에도 결과물이 잘 남지 않았다.

그러다가 퍼뜩 떠올랐다. 정각부터 일을 시작하는 또 다른 작업법이. 몇 해 전 트위터에서 여러 프리랜서들의 감화를 불러일으켰던 김명남 번역가의 작업법, 일명 'KMN 작업법'이었다. 그때는 그저 읽고 쓸 시간이 간절했던 직장인이었기에 언젠가 혼자 작업을 하게 되면 참고해야지, 했었는데 그 '언젠가'가 지금이었다! 다시 찾아본 KMN 작업법에는 과연 무릎을 칠 만한 요소가 많았다.

기본 규칙은 매시 정각부터 40분간 일하고 20분을 무조건 쉬는 것이다. 1일, 월요일, 정각에 집착하는 내게 딱이었고, 무얼 하고 있었든지 다시 돌아와 앉을 수 있는(정각이라 기억하기도 쉬운) '약속 시간'에 더해 언제까지 집중할지 '지속 시간'도 정해두었다는 게 큰 도움이 되었다. 40분은 길게 느껴질라치면 끝나버리는 묘하게도 적당한 시간이었다. 집중의 단계에 들어가서 바짝 쓰다가 모니터 하단 시계를 보면 32분, 34분 정도를 지나고 있었기에

'어라, 6분만 더 하면 되네?' 하는 가벼운 맘으로 집중을 이어갈 수 있었다. KMN 님이 당부한 대로 작업이 잘 되고 있었더라도 40분이 되면 무조건 끝내고 자리에서 일어났다.

20분은, 쉬는 시간이 너무 넉넉한 거 아닌가 싶어 괜히 신이 나는 묘한 시간이었다. 약속한 만큼의 작업 시간을 지키고 얻은 휴식 시간이라 당당하게 누릴 수 있었고, '얼마 쓰지도 않고 또 또 딴짓한다'라는 셀프 비난에서 해방된 것만으로도 개운했다. 쉬는 시간엔 허리를 펴고 스트레칭도 했고, 창문을 열고 창밖 풍경도 보았고, 화장실에 가거나 물을 마시기도 했다. 몸을 움직이는 것만으로 머리가 환기되며 아, 아까 그 문장은 이렇게 바꿔야겠다, 마무리는 이런 방식이 좋겠다, 하는 아이디어가 떠오르기도 했다.

그때쯤 내게 KMN 님은 '마감 신'으로 모시는 존재가 되었다. 그래서 이 책에 들어간 많은 글은 KMN 작업법을 통해 쓰였다는 이야기(이 작업법이 궁금해진 분들은 '40+20 작업법'을 검색해 보면 KMN 님의 세세한 팁이 녹아든

주옥같은 글을 발견할 수 있을 것이다). 학교 시간표가 수업 시간과 쉬는 시간으로 나뉘는 걸 변형해 이 방법을 마련했다는 KMN 님은 이렇게 말한다. "긴장을 풀어주는 리듬을 생각하지 않으면 인생의 좋은 때를 번아웃으로 보내는 것 같다"고. 아름다운 말이다. 무리하느라 또는 자조하느라 인생의 좋은 때를 날려버리지 않기 위해, 당장 오늘치의 일을 '해치우는' 게 아니라 오래 일하기 위해 우리에겐 건강한 작업법이 필요하다.

이전 글부터 계속해서 이어지는 다소 장황한 나의 마감 ~~실패기~~ 극복기에도 교훈이란 게 있을까? 물론 있다.

하나. 지금의 나에게 가장 잘 맞는 방법을 찾을 것.

살아가는 일은 결국 나한테 맞는 방법을 여러 시행착오를 거치며 찾아가는 일 같다. 퇴사가 그랬고 마감이 그랬듯이 모두에게 통하는 단 하나의 정답이란 없고, 저마다 자신이 처한 상황에서 자신의 기질에 따라 각자의 방법으로 조금씩 변주해서 얻은 '나에게는 답'인 방법이 있을 뿐. 그건 앞으로 무얼 하든 마찬가지일 것이다. 저는 이 방법이 맞더라고요, 저는 이게 편해요, 말할 수 있는 바로 '그것'을 찾아가는 여정. 어렵게 찾은 방법 또한 절대적이진 않아서 시간이 흐르면 어느 시기에는 더 이상 맞지 않게 느껴질 수도 있다. 그땐 또 그때의 나에게 맞는 새로운 답을 찾으면 된다. 불변하는 최고의 방법이 아니라, 지금 여기의 나에게 최선인 방법을 찾아가면 되는 것이니까.

둘. 실패가 아니라 해본 경험이라 말할 것.

실패는 너무 거창하다. '○○해 본 경험'이라고 부르는 게 맞다. 앞의 여정을 이렇게 요약할 수도 있다. '뽀모도로 작업법도 실패했고, 시간보다 분량을 목표로 삼는 방법도 실패했다.' 느껴지는가, 짙은 패배의 기운. '뽀모도로 작업법도 시도해 보았고, 시간보다 분량을 목표로 삼는 방법도 시도해 보았다.' 문장만 달리 썼을 뿐인데, 여러 가지 시도를 두려워하지 않는 데다 실행력도 있는 사람으로 느껴진다. 이런 사람이 다음번에 방법을 못 찾아낼 리 없다는 믿음마저 생긴다.

어떤 시도를 실패로 호명하는 순간 우리는 실패하는 사람이 된다. 시도하는 사람이 될 수도 있었던 많은 순간에.


셋. 거기까지가 나라고 받아들일 것.

요즘의 내가 얻은 가장 귀한 깨달음 중 하나다. 나 자신을 바라보는 데 여유가 생긴 것. 그냥 거기까지가 나라고 생각한다. 한 장 쓰겠다고 하고 반 장도 쓰지 못하는 나. 그래서 내일은 새로운 마음을 먹는 나. 읽지도 않을 것을 뻔히 알면서 책을 세 권씩 여행 가방에 챙겨 담는 나. 그게 가장 든든한 여행 짐인 나. 작심삼일을 삼 일마다 반복하는 나. 그만큼 '기대하고 계획하기' 분야에서만큼은 좀처럼 지치지 않는 나. 내일은 조금 다를 거라고, 이번엔 더 나은 방법을 찾을 거라고 여전히 기대하는 나. 대체 커서 뭐가 되려고 이러는 걸까. 뭐가 되긴, 잘 미루고 씩 웃는 할머니가 되겠지.

그걸 받아들이니까 나와의 관계가 훨씬 좋아졌다. 높여 잡은 목표와 엄격한 규칙에 따라 나를 통제하려 드는 것보다는, 느슨한 규칙을 가진 채 나를 너그럽게 대하며 조그만 성취감을 느끼는 방식이 좋다. 마음속에 금지하는 것보다는 희망하는 것이 많은 편이 좋지 않을까. "늦게 일어나선 안 돼"보다는 "조금 더 일찍 일어나서 아침 시간을 써보고 싶어"가 나은 다짐인 것처럼. 나답게 산다는 건 결국 '나'라는 사람으로 가장 자연스럽게 사는 모습을 뜻할 텐데, 자연스러움이란 매듭을 묶는 것보다 푸는 것에 가깝다는 생각을 한다.

최근의 나는 KMN 마감 신을 모시는 동시에 쿠쿠 마감법을 실행 중이다. 이사 오면서 10년 만에 밥솥을 바꾸었더니 과묵했던 밥솥이 갑자기 생색쟁이가 되었다.

"쿠쿠가 고압 백미 취사를 시작합니다"
(갑작스러운 칙칙폭폭 기차 소리) "증기 배출이 시작됩니다." (고작 수증기 뿜으면서 증기 기관차 소리 내는 거 너무 위대하고 웃기다.)
"쿠쿠가 맛있는 백미 밥을 완성했습니다."

쿠쿠가… 쿠쿠가……. 식기를 정리하거나 소파에 앉거나 작업실로 가다가, '너무 생색내는 거 아니야?' 싶어서 웃음이 터진다. 저렇게까지 좀 들어달라고 하는 혼잣말이 있나 싶어서. 그런데 또 어느 날은 모니터 앞에서 한 자도 못 쓰고 있다가 쿠쿠의 생색을 듣고 있자니 이런 생각이 드는 것이다. 생색도 나름대로 괜찮은데? 생색을 내며 뭔가를 하기 시작하면 어쩐지 스스로를 응원하는 기분이 들 것 같다. 끝까지 잘 해낼 수 있는 동력을 충전하는 기분도 들 것 같고. '쿡cook' 해서 쿠쿠가 되었을 테니 끄적이는 사람은 '끄끄'라 부르면 어떨까.

"끄끄가 고압 마감을 시작합니다."
"(칙칙폭폭 칙칙폭폭) 초고 배출을 시작합니다."
"끄끄가 맛있는 원고를 완성했습니다!!!"

오늘도 나라는 끄끄에 방금 기억의 곳간에서 꺼낸 글감을 집어넣으며 고압 마감을 준비한다. 지금 시간은 오후 1시 46분. 정각까지 14분이나 남았다. 야호.

# 매일의
# 동그란 산책

———

　퇴사와 이사와 코로나 확진이 휘몰아친 시기를 보내고 정신을 차려보니 4월 중순이었다. 새집에서 아침에 일어나 창문을 열면, 아름다운 계절이 도착해있다는 걸 매일 느낄 수 있었다. 막바지 벚꽃과 연둣빛 새순을 흔들며 바람이 달게 불었다. 음악을 틀지 않아도 숲속을 누비고 다니는 새들의 노랫소리가 방 안으로 흘러들었다. 어디서부터 손대야 할지 막막한 이삿짐들을 하나씩 정리하다가도 문득 밖으로 나가 저 풍경의 일부가 되고 싶다는 생각이 들곤 했다.

전에 살던 집에선 벚꽃이 다 진 걸 아쉬움 속에 바라보았었는데, 이삿짐 차량을 따라 새 동네에 들어섰을 때 차창 밖으로 나풀나풀 꽃잎이 날리고 있었다. 봄을 두 번 겪는 기분이었다. 되돌릴 수 없는 시간을 되돌리기라도 한 것처럼, 그 풍경이 새로운 곳에서 다시 시작해 볼 용기를 주었다.

아직 벚꽃이 남아있는 거리를 향해, 운동화 끈을 고쳐 매고 산책을 나서지 않을 수 없는 봄이었다. 어떤 기분으로 집에 있었더라도 나가면 반드시 좋았다. 걷다 보면 예쁘다, 아름답다, 좋다는 말을 다섯 걸음에 한 번씩은 하게 됐고 돌아오는 길에는 자연스러운 수순처럼 아직 오지 않은 날들을 낙관하게 됐다. 당장의 일거리가 없더라도, 통장 잔고가 줄어가더라도, 그게 뭐 큰일인가. 날씨가 이렇게 좋은데. 이런 계절 속을 내내 걸을 수만 있다면 행복도 충분히 자가발전할 수 있을 것 같았다.


이사를 거듭할 때마다 내가 제일 좋아하며 기다리는 일은 모르는 길로만 이루어진 새 동네를 탐험하는 일이

다. 원두를 직접 볶는 카페와 고슬고슬한 밥에 건강한 속
재료를 넣는 김밥집을 알게 되고, 집으로 돌아오는 지름
길을 익히는 일. 산책로의 반환점을 어디쯤으로 정해두
면 좋을지 걸으면서 정해보는 일. 골목 구석구석에 어떤
가게들이 있는지 마음속 지도를 채워가며 가보고 싶은
곳들에 별표를 치는 일. 이제 막 낯선 여행지에 도착해 두
리번거리는 여행자의 심정이 되는 게 좋았다. 그건 걷는
사람으로서 내가 늘 가지고 싶은 자세이기도 했다. 이 순
간에, 이 장소에 매번 새로 도착하는 사람이 되어 걷기.
궁금하지 않은 골목은, 풍경은 하나도 없다는 듯이. 새 동
네에선 어렵지 않게 그런 사람이 될 수 있다. 안 가본 길
을 속속들이 가보고, 여긴 이게 있네! 저긴 저게 있네! 발
견하고 놀라는 매일이 이어지니까.

　이사 온 지 사흘째였니. 짐 정리를 끝낸 기념으로 마침
표처럼 거실에 꽂아둘 꽃을 사고 싶었다. 그저께 콩나물
국밥을 먹으러 갔던 골목에 꽃집이 있던 게 기억났다. 서
로를 세례명으로 부르는 꽃집 주인들의 살가운 추천을
받으며 튤립을 샀다. 건널목에서 신호를 기다리며 서있

는데, 어쩐지 지나는 사람들이 내 작은 꽃다발을 돌아보는 기분이 들었다. 괜한 으쓱함을 느끼며 '이 동네에서 처음으로 산 꽃이구나' 생각했다. 문득 이사 온 동네에서 새롭게 겪게 되는 일들을 기록해 보고 싶어졌다. 단 한 번씩만 있을 모든 '처음'들. 처음 사게 된 꽃, 처음 가게 된 카페, 처음 알게 된 공원……. 이곳에서는 계속 '처음'이 생길 테니까 그 처음들을 잘 기록해서 머지않아 '우리 동네'라 부르게 될 곳에 대한 첫 기억으로 삼고 싶었다. 그 날 이후로 '처음'을 하나둘 적립하는 동안 시간이 흘렀다. 지금도 가끔 그때 적은 기록들을 들여다본다. 그 사이 단골이 된 곳도 있고 자주 걷게 된 산책 코스도 있다. 이렇게 시시콜콜한 것까지 적어뒀구나, 웃음이 새기도 한다. 그런 사소함마저 신기해하며 기록해 둘 정도로 지난봄의 나는 진짜 여행자의 마음이었구나 싶어서.

이사를 오며 가장 크게 달라진 점 중 하나는 산책 생활이다. 도심 공원에서 개천으로 산책의 배경이 바뀐 것이다. 이전 집은 경의선숲길 바로 옆에 있었다. 줄여서 늘

'숲길'이라 불렸지만, 주택과 신축 건물들 사이로 조경된 가로수를 숲이라 부르는 게 늘 조금은 멋쩍었다. 철길이 지나던 자리 위로 산책로를 덮어 조성된 길은 자주 차도에 끊겼고 횡단보도나 육교를 건너야 이어졌다. 그 길을 무척 좋아했지만, 때때로 차도에 가로막히지 않는 탁 트인 풍경 속을 걷고 싶단 맘이 드는 건 어쩔 수 없었다.

이사 온 동네에선 집 앞에 바로 개천이 흘렀다. 가끔 꼬마들이 내려가 발을 담글 만큼 얕은 물길은 조금 더 흘러가서 '탄천'에 합류되고 유역을 점점 넓히며 한강까지 흘렀다. 내가 마음만 먹는다면 언제까지고 걸을 수 있는 길이었다. 가좌역에서 끊기넌 경의선숲길과 달리, 여기 사는 동안 아마도 걸어서 이 길의 끝을 만나기는 힘들 터였다. 그 사실이 이상하게 든든했다.

널따란 선번을 걷는 일은 도심 공원에서보다 훨씬 더 자연을 가까이 두고 사는 일이었다. 이 동네에 와서 늦봄에 피는 연보라색 꽃이 오동나무 꽃이란 걸 알게 되었고, 물 위로 허수아비처럼 서있는 백로와 왜가리를 구분하는 법을 처음으로 익혔다.

5월에 접어들면서 천변의 초록이 나날이 짙어졌다. 매일 밤 누군가 새로운 초록을 덧칠하기라도 하는 것처럼 나뭇잎에, 들꽃 줄기에 윤기가 났다. 어린이날엔 근처에 사는 친구 커플과 반려견 '그루'가 놀러 와서 같이 산책을 나섰다. 우리 동네의 가장 큰 자랑은 개천 산책로니까 친구들과 그루에게 그 길을 소개시켜 주고 싶었다. 나중에야 전해 들었는데 걷다가 내가 뭔가를 바라보거나 사진을 찍느라 무리에서 뒤처질 때마다 강은 멀찍이서 나를 바라보며 이렇게 말했다고 한다. "신경 쓰지 마세요. 쟤는 원래 그루보다 자주 멈춰 서요." 집으로 돌아오는 길에 대체 뭐 그렇게 보고 만지고 냄새 맡을 게 많냐는 놀림을 받았다. 나는 왜 나이를 먹을수록 자주 멈춰 서는 산책자가 된 걸까? 그럴 때면 아껴 읽은 책 《태수는 도련님》 속 한 장면이 떠올랐다. 그림 속에서 '도대체' 작가의 반려견 '태수'는 하루가 밝아오면 매일 오늘 치 세상으로 산책을 나선다. 하늘을 나는 새와 바닥을 기는 개미떼를 바라보고, 향긋한 꽃 덤불을 지나 바람에 실려 오는 먼 곳의 냄새를 맡는다. 그리고 생각한다.

세상은 재미난 곳입니다. 하늘을 나는 놀라운 애들
도 있고 아주 작고 작은 애들도 있어요.

향긋한 냄새가 나는 것들도 있고 흥미로운 냄새가
나는 것들도 있죠.

이맘때면 덥기도 하지만 바람이 불면 시원해져요.
바람은 먼 곳의 냄새도 데리고 오죠.

……때로 궁금해요.

왜 더 많이 밖에 나오지 않아요?

세상이 늘 이렇게 있고 꼬박꼬박 매일이 주어지는
데 왜 이것들을 더 많이 누리지 않죠?

－도대제, 《태수는 도련님》 중에서


그러니까, 나는 늘 태수의 마음이다. 문밖에 세상이 늘
이렇게 있고 꼬박꼬박 매일이 주어지는데 이것들을 누리
지 않을 이유가 없다. 좋으면 기록해야 하는 병에 걸린 나
는 (또) '산보일기' 계정을 만들었다. 걷는 동안 보고 듣고
만난 것들을 한군데 모아두고 싶어서. 오늘 걷다가 눈치
챈 계절의 변화, 바닥에 떨어져 있던 장갑 한 짝이나 영수

증, 멈춰 서서 올려다본 꽃이나 열매, 지나는 사람들이 나누는 대화, 그런 것들을 찍거나 적어둔다. 익숙한 길을 걷다가 오늘의 내가 마음먹은 반환점에서 뒤돌아 집으로 오는, 매일의 동그란 산책에 대해 남겨두고 싶었다. 평생의 산책이 기록으로 남는다면 근사하겠지, 생각하면서.

이사 온 후로 시작한 기록이니까 아주 멀어진 시간이 아닌데도 지난 기록을 보면 새삼스럽다. 그 순간이 다시 한번 되살아나는 기분이다. 어미 오리로부터 자맥질을 배우던 새끼 오리들, 그 주위로 몰려서서 응원하듯 지켜보던 동네 사람들, 지나는 내 머리 위로 개구쟁이처럼 떨어지던 까만 버찌, 저물녘의 햇살에 빛나던 윤슬, 그 위로 아빠와 함께 물수제비를 뜨던 꼬마…….

나는 이런 것들을 남겨두고 싶었구나.

흘려보내면 아무것도 아니지만, 남겨두는 순간 무엇이 되는 순간들을.

찍거나 적는 순간에 어떤 확신이 있어서라기보다 오히려 시간이 지난 뒤 기록으로 남은 것들을 보면 알게 된다. 나는 이런 장면을 기억하고 싶어 하는 사람이구나, 하고. 이런 풍경에 자주 멈춰 서고 이런 대화를 엿들으며 웃는구나. 그래서 다시, 지나간 기록을 들춰볼 때마다 생각한다. 제대로 보지도 않고 다 안다고 생각하는 사람 말고, 볼 때마다 새로이 알아가는 사람이 되고 싶다고. 시간이 아무리 흘러도 지금 막 도착한 여행자의 마음으로 걷고 싶다고.

느리게 걸으며 자연의 변화를 관찰하다 보면 나도 자연스럽게 살고 싶어진다. 나 이상이 되려고 애쓰는 대신 충분히 나로 존재하기. 그게 정확히 뭔지는 몰라도, 아마 머리 위로 툭 떨어지는 버찌를 닮고, 자맥질을 배우는 새끼 오리를 닮는 일일 것이다. 걷는 사람의 마음에 고요가 깃든다면 그건 걷는 시간이 자연스러움을 배우는 시간이어서가 아닐까.

만약 당신이 작가라면 주어진 시간이 얼마 남지 않았다는 각오로 글을 써야 한다. 이제 남아 있는 시간은 얼마 되지 않는다. 당신 영혼에 맡겨진 순간순간을 잘 활용하라.

– 헨리 데이비드 소로, 《소로의 속삭임》 중에서

자연 타령을 하도 해서 '○○동의 소로'라 불리곤 하던 나는 이 문장을 이렇게 바꿔 읽는다. 만약 당신이 산책자라면 주어진 시간이 얼마 남지 않았다는 각오로 걸어야 한다. 그렇게 생각하면, 산책을 나서지 않아도 되는 날이란 없다. 남아있는 시간은 얼마 되지 않는다. 내 영혼에 맡겨진 순간순간을 잘 활용하고 싶다. 그것이 내게는 걷는 일이다.

## 사는 일을
## 소분하다 보면

―――――

　20대엔 감정 기복만큼이나 안정감의 조수간만 차가
컸다. 어떤 날은 이만하면 혼자서도 살 사는 것 같다가 또
어떤 날은 시작도 해보기 전에 다 틀린 것 같았다. 안정
감이 밀물처럼 밀려왔다 썰물처럼 빠져나가는 작은 섬에
사는 기분. 그러나 30대 중반의 어느 날인가 문득 내가 그
작은 섬을 떠나 본섬 혹은 뭍에 정착했다는 안정감이 찾
아온 적 있다. 밀물과 썰물은 여전했지만 그걸로 내 서식
지의 평화가 흔들릴 정도는 아니었다.

　대체 이 안정감의 정체는 무엇인가. 나이를 먹어서인

가, 돈을 벌어서인가, 두 사람이 함께 살게 되어서? 그것들도 영향을 미쳤겠지만 본질적으로는 일간지에 연재되던 '리빙 포인트' 유의 생활의 지혜들이 쌓여가는 데서 생긴 자신감이 아닐까 싶었다. 주워듣고, 겪어보고, 실패하고, 새로 시도하면서 깨친 나만의 방법들.

이를테면 그런 방법은 내게 '사는 일'을 작게 더 작게 쪼개어 소분하는 것에 가까웠다. 어떻게 살아야 하는지, 잘 사는 일이란 게 무엇인지 누군가 물어오면 답하긴 어렵지만, 마늘을 쉽게 까는 법이나 밥물을 맞추는 법에 대해 물어온다면 답할 수 있는 그런 것. 생활을 돌볼 수 있게 되자, 사는 일에도 조금 더 자신감이 붙었다. 어렸을 땐 생각지도 못한 곳에 어른으로 사는 답이 있었던 셈이다. 그건 좀 허무할 정도의 답이기도 한데, 허무를 느끼면서도 이내 수긍하게 된다. 나는 이제 큰 것이 아니라 작은 것을 믿는 사람이니까.


20대의 나는 초파리가 떠도는 개수대에 설거지거리를 쌓아두고, 먼지와 머리카락이 엉켜서 굴러다니도록 청소를 미루고, 냉장고 속 상한 식재료를 버리느라 음식물 쓰레기봉투 두세 개를 쓰며 죄책감을 느끼던 삶을 살았다. 냉장고 속에서 물러버린 채소를 발견할 때마다 나는 낙담했다. 그게 꼭 나 같고 내 생활 같아서. 이번엔 잘 해보겠다고 마음먹지만 다짐 자체를 자주 깜빡하고, 내가 뭘 가지고 있는 사람인지 잊고, 잊힌 채로 물러버리기 일쑤였던 일상. 그러면서도 한편으로는 굳게 믿었다. 마음이 잡히면 일상도 잡힐 거라고. 희망을 미래에 걸었다. 생활을 돌보는 일을 자꾸 미루었던 건 그래서였다. 그건 '먼저'가 아니었으니까. 내 마음이 안정되면, 일상은 자연스러운 수순처럼 안정될 거라고, 지금 내 일상이 엉망인 건 마음을 제대로 다스리지 못해서라고 생각했다.

순서를 뒤바꿔 생각할 수도 있다는 걸 미처 몰랐다. 일상이야말로 마음의 네 귀퉁이를 붙들어주는 것인데. 펄럭이는 마음이 허공에 날아가 버리지 않도록 붙잡아주는 것은 언뜻 사소해 보이는 일과와 의무였다. 설거지를 하고, 청소를 하고, 쓰레기를 버리고, 빨래를 하고, 수건을 개고……. 그것이 어디 가지 않고 '지금'을 살게 해주는 일이란 걸 이제는 안다. 내가 복잡하게 찾으려 하는 답은 늘 단순한 진실에 있다는 것도.

30대의 나는 이제 물에 잠겨 있는 그릇이 싫어서 먹은 뒤엔 되도록 바로 설거지를 하고, 발바닥에 와 닿는 마루가 뽀득거리는 데 기쁨을 느끼고, 대파와 마늘을 다듬어 냉동실에 얼려두는 삶을 살고 있다. 스물셋 즈음의 나에게 보여주고 싶을 정도다. 걱정 마! 살림 4.5단 정도가 되었어! 내 입으로 들어가는 음식을 내가 만들 수 있고, 내가 사는 공간을 내 손으로 깨끗하게 유지하고, 나 한 사람을 제대로 씻기고 먹이고 입힐 수 있다는 데서 오는 탄탄한 안정감이 분명 있다.

그걸 느낀 후로는 집안일이 더 이상 예전처럼 힘들거나 귀찮지 않다(물론 매번 그렇지는 않지만). 심지어 좀 즐겁기까지 하다. 청소기를 돌리기 전에 약간 설렌다고 말하면 이상하려나. 청소기가 지나간 자리가 말끔해지는 걸 보는 게 좋다. 행주는 삶으면 하얘진다. 레인지 후드는 닦으면 깨끗해진다. 확실히 나아지는 세계가 그 안에 있다. 내 뜻대로 할 수 있고, 내가 하는 만큼 분명하게 나아지는 결과를 보는 것. 내 생활을 통제하고 관리하는 데서 오는 자기효능감도 느낀다. 돌보는 손길이 닿으면 집안의 어느 구석도 시들지 않는다. 불확실성의 세계 속에서 그것만은 바뀌지 않는 진실이라는 게 다행스럽다.

이제 나는 고구마는 바깥 냉기가 통하는 찬 바닥에 두면 얼어서 검게 변한다는 것을 아는 어른이고 싶다. 화분은 바닥에서 조금 뜨도록 통풍되는 공간을 만들어주어야 뿌리가 잘 무르지 않는다는 것을 아는 어른이고 싶다. 내 집에 들어온 고구마를 얼지 않게 하고, 내 집에 사는 식물을 죽지 않게 하는 그런 사람이고 싶다. 더 잘하고 싶어서, 트위터에서 남들이 공익을 위해 공유해 준 정보에 마음을 찍거나 캡처해 둔다. 궁금해서 클릭하면 열에 아홉은 영양제나 화장품 광고로 끝나버리는 인스타그램 게시물에서, 그래도 영양제와 화장품이 나오기 전까지 얻은 정보들을 기억해 둔다. 사소한 생활의 지혜들을 하찮게 여기지 않는 사람이고 싶어서.

물론 여전히 어려운 것들도 있다. 간장의 세계가 특히 그렇다. 분명 예전에 찾아봤는데 마트의 간장 코너에만 서면 다시 헷갈린다. 양조간장, 집간장, 진간장, 국간장, 조선간장……. 간장은 어쩌다 이렇게 되어버린 걸까. 간장이라고 이러고 싶었을까. 그럴 때 나는 검색의 도움을 빌리는 대신 인숙 씨에게 전화를 건다. 진간장이 조선간장 맞나? 아니, 간장은 대체 왜 이런 거야? 수화기 너머의 인숙 씨는 깔깔 웃는다. 간장은 '원래 그렇다'면서. 원래 그런 간장을 다 알고 있는 인숙 씨가 좋다. 삶의 달인 같다. 인숙 씨는 내가 아는 한, 잡학다식한 생활의 전문가니까. 시래기를 얼마나 말려야 하는지, 도마에 밴 김칫국물을 어떻게 지워야 하는지 인숙 씨만큼 잘 아는 사람은 없었다. 어렸을 땐 인숙 씨의 빠른 칼질이 그렇게 경이로웠다. 나는 뭘 해도 또…각…또……각 썰고 있는데 옆에서 인숙 씨가 채채채채채채채, 써는 걸 보면 이래서 이 칼질의 이름이 '채 썰기'구나 싶었으니까. 나는 이제 그런 걸 잘하고 잘 아는 사람이 잘 사는 사람 같다.

오랜 세월, 경험을 통해 숙련되고 구전을 통해 사는 법을 배워온 인숙 씨도 요즘엔 미디어에 기댄다. 틈만 나면 TV 화면을 찍어 보낸다. 작업장에서 오이를 포장하다가 아침 프로그램에서 뭔가 새로운 정보를 발견하면 휴대폰으로 화면을 찍어 보내는 식이다. 급히 찍느라 흔들린 사진 속에서 이 정보를 딸에게 전해야겠다는 다급한 마음과 책임감마저 느껴진다. 〈아침 마당〉이나 〈생방송 오늘 아침〉 같은 데 나오는 '비법.' 그게 나에게 딱 맞게 필요했던 적은 그다지 없지만 '오~~~ 알았어~~~' 물결 표시로 화답한다.

더 늦기 전에 자식에게 생활의 지혜를 전수해 주어야 하는 사명감을 느끼는지 요즘 인숙 씨와 숙호 씨는 경쟁적이다. 내가 뭐라도 하나 물으면 서로 먼저 알려주겠다는 듯 목소리를 높인다. 아니, 그렇게까지 중요하고 시급한 진 아니었는데. 한 명씩 말해줘도 되는데. 그 옛날 〈가족 오락관〉의 게임을 보는 것 같다. 오디오가 겹쳐 알아듣기 힘든 상황에서 들리는 말을 대충 조합해 본다. 열심인 말투가 애틋하기도 하고 자식이 모르는 걸 알려주는데서 삶의 즐거움을 느끼는 것 같기도 해서 아는 것도 괜히 한 번 더 묻는다. 미역국 할 때 말이야, 미역을 참기름에 볶더라, 들기름에 볶더라?

지난번에는 '싹이 난 감자가 더 위험한가 vs. 푸르게 변한 감자가 더 위험한가'로 백분 토론이 벌어질 뻔한 적 있다. 감자는 햇빛을 받으면 푸르게 변하는데 이때 독소가 생기므로 절대 먹어선 안 되고, 싹이 난 감자 역시 마찬가지라는 얘기였다. 그동안 싹 난 감자도(싹만 잘라내고) 푸른 감자도(깎으면 안 푸르니까) 야무지게 먹어왔던 나는 그 소란의 한가운데 있자니 갑자기 20년 치 배가 아파왔다. 하지만 두서없이 이어지는 그런 이야기를 듣고 있자면 물 앞에 설 때마다 심장 먼 데서부터 물을 끼얹으란 말을 영원히 잊을 수 없는 것처럼, 이 말들이 끝내 나를 살리고, 살게 할 것만 같다. 감자 앞에 설 때마다 나는 이제 이 말들을 잊을 수 없을 것이고 살고 싶어질 것이다. 기꺼이 혹은 기어이. 싹과 푸른 기미를 살피면서.

살아가는 방법을 뭐 하나라도 더 알고 싶어 하는 나는, 그렇게 해서 알게 된 정보를 기뻐하며 메모해 두는 나는 요즘 삶에 꽤 성실한 것 같다. 게으르게 지내고 싶어 하면서 실은 성실이 특기인 사람들의 특징일까. 여태 해온 게 아까워서라도 개근상 타려고 매일 삶에 출석하는 사람 같다. 오늘의 진심을 다해서 오늘 치의 삶을 살아낸다. 알게 되는 게 많아질수록, 그걸 실제로 삶에 써먹을수록 성의 있게 산다는 생각이 들어서 좋다. 성의 있게 산다니, 어쩌면 그게 리빙 포인트가 가리키는 핵심 같기도 하다.

# 오늘이란
# 계절 속에 있는 것들

———

    새집에선 오랜 꿈이던 작업실이 생겼다. 퇴직금으로 호두나무로 만든 책상도 사고, 책장도 샀다. 필요한 모든 걸 다 가진 기분이었다. 이제 여기 앉아서 근사한 글만 쓰면 된다……라고 여겼지만, 예상치 못한 복병이 있었다. 바로 창밖으로 내다보이는 풍경이었다. 전에 살던 집에선 창 너머로 산책로의 나무 우듬지가 보였는데, 이 집은 산에 면해있고 지대가 높아서 나무들이 울창하게 모여선 산비탈이 내려다보인다. 마치 가까이서 보던 그림의 전체를 보고 싶어서 뒤로, 뒤로 물러선 사람이 된 기분이다.

바람이 부는 날이면 키 큰 나무들이 일제히 흔들리는데, 그 모습과 소리가 꼭 숲이 일으키는 파도를 보는 것 같다. 책을 읽다가 메일을 쓰다가 고개를 들면 창틀이 액자를 둘러준 풍경 너머로 나무들이 시선을 붙잡는다. 매일 보면서도 매일 놀란다. 나무가 이룬 파도 위로 햇빛이 부서지고 있어서, 숲에도 윤슬이 있을 수 있구나 감탄하는 마음으로.

그러다 보니 열어둔 빈 문서 창에는 늘 커서만 깜빡이고, 강은 한탄하며 말한다.

"작업을 안 하는데 그게 이떻게 작업실이야. 그냥 '실'이지."

나는 요즘 (양심껏) '실'에 산다. '실'에서 보이는 풍경을 더 설명해 볼까. 책상에서 일어나 창문을 열면 풍경은 더 넓어진다. 앉아서는 일부만 보이던 숲이 속해있는 산 전체가 보이고, 그 산과 어깨를 걸듯 이어져 있는 다른 산들이 멀리까지 내다보인다. 산 바로 아래 자리 잡은 벽돌색 건물과 산자락에 콕콕 박힌 단독 주택들의 지붕이 풍경에 재미를 더해준다. 멀리 보이는 산의 능선에는 민트색, 빨간색, 흰색 송전탑이 드문드문 세워져 있다. 누군가 그걸 보고 생일 케이크 위에 꽂힌 초 같다고 한 후로 자꾸 그렇게 보인다. 밤이면 지나는 비행기들이 위험하지 않도록 빨간 불빛이 깜빡깜빡 켜져서 더 그런 것 같다. 아침이면 꺼지는 생일 초를 꽂아두고서 산들이 밤마다 생일 파티를 하는 모양새다.

창의 왼편으로는 나 혼자 '산방산'이라고 부르는 산이 있다. 물론 생긴 건 다르지만, 그보다 앞서 여긴 제주가 아니지만, 묘하게 산방산을 떠올리게 해서 내 맘대로 그렇게 부른다. 창이 서쪽으로 나 있어 주로 해 질 무렵의 산방산을 지켜보게 되는데 그 위로 종종 비행기가 지나간다. 노을 지는 하늘 위를 천천히 날아가는 비행기와 오름 사이로 보이는 것만 같은 산방산이라니. 떠나지 않고도 여기가 제주다, 하는 기분을 잠시 느낄 수 있다.

혼자 이름 붙였으니 혼잣말로 부른다. 맑은 날엔 오늘은 산방산이 잘 보이네, 하고. 비 내리는 날엔 산방산에 구름이 걸렸네, 하면서. 새로운 일상에 나만 아는 즐거움들을 심어놓고 그게 앞으로 어떻게 자라날지 지켜보는 기분이다.

산자락 아래 붉은색 벽돌로 지어진 건물 몇 동은 커다랗고 둥근 모자 같은 회색 지붕을 이고 있다. 건물 사이로는 조경이 잘 된 너른 정원이 펼쳐져 있고. 집에 놀러 온 친구가 매일 여름인 나라의 리조트 같다고 한 적도 있는데, 그게 수녀원이라는 걸 검색해 보고서야 알았다. 아침에 창밖 풍경을 기록할 때면 오늘 보고 듣고 냄새 맡은 모든 깃들을 적이두는데, 수녀원에서는 반복해서 들리는 소리가 있다. 송풍기를 이용해 도로 위에 떨어진 낙엽과 나뭇가지를 치우는 소리, 수녀원 곳곳의 텃밭에서 농사일을 한 때마다 출동하는 경운기 소리, 비를 맞고 웃자란 풀들을 베어내는 예초기 모터 소리. 어쩌면 이렇게 부지런할까 싶은 소리가 매일 다르게 들려온다.

어제는 자려고 누웠다가 강과 수녀원을 곁에 두고 사는 일에 대해 얘기를 나누었다. 매일같이 자신이 살고 있는 주변을 책임지고 가꾸는 손길을 볼 수 있는 곳. 그런 곳이 작업실 옆이어서 다행이라고. 늘어지거나 우울해지려 할 때마다 누군가 같은 속도, 같은 마음으로 풀을 뽑고 작물을 키우고 비질하는 모습을 바라보고 있으면 기운이 난다. 나도 힘을 내서 몸을 일으켜야지, 내 일상을 돌봐야지 하고.

자기 몫의 할 일을 하는 이웃과 자연을 매일 보면서 '실'에 있는 나는 그 성실을 따라 하게 되었다. 이사 온 지 3개월 만에 드디어 '실'을 당당히 '작업실'이라 부를 수 있게 된 것도 모두 잔디 깎는 소리와 경운기 소리와 송풍기 소리와 오늘이란 계절을 사는 자연 덕분이다.

이른 아침에 잠에서 깨어나는 산을 바라보는 것도, 한낮에 구름이 빠르게 흘러가는 하늘을 바라보거나 숲이 일으킨 파도를 구경하는 것도 좋아하지만 작업실에 있는 게 가장 기쁜 시간은 해 질 무렵이다. 늦여름, 서쪽 하늘은 6시부터 이미 아름답지만, 제일 짙은 노을을 목격하고 싶다면 해가 진 자리에 진득하게 남아있는 사람이 되어야 한다. 매일 지켜보며 깨달은 건 노을이 가장 아름다운 순간은 일몰 후 10분 남짓이라는 것. 아무것도 하지 않고도 이런 걸 받는구나 생각하며 시계를 확인하면 어김없이 그만큼 시간이 흘러있다. 가을에 들어서며 점점 앞당겨지는 일몰 시각을 확인하고, 그 시간엔 책을 읽다가도 청소를 하다가도 꼭 창문 앞으로 다가선다. 저녁엔 유난히 비행기가 자주 떠서 노을 지는 하늘 위로 날아가고, 새 우는 소리와 개 짖는 소리가 번갈아 들려온다. 붉은 기운이 완전히 가시고 어둠이 내릴 때까지 서있을 수 있는, 서향으로 난 창을 내내 갖고 싶었다.

일상이 사라진 것만 같은 자리에도, 기억하고 기록할 만한 순간이 분명 있었다. 내가 어떤 순간들로 지탱되는 사람인지도 알게 되었다. 그건 한편으로 한 번뿐인 이 삶이 '무엇으로 충분한 삶인지' 깨닫게 하는 일이기도 했다. 마스크 없이 웃었으면, 친구들과 모일 수 있었으면, 가족들을 더 자주 봤으면……. 바라는 건 그만큼인데 그만큼이 어려울 때, 삶은 단출해진다. 사실 더 많은 것은 필요치 않았다. 더 많은 것이 필요한 적은 한 번도 없었다. 그래서 훗날 누군가 그때가 어땠느냐 묻는다면 말하고 싶다. 일상을 잃었지만 동시에 일상을 되찾았던 시간이라고.

'코로나 시대를 건너는 지혜'에 대해 원고를 써달라는 청탁을 받고 이런 글을 써서 보낸 적 있다. '당연했던 것'은 아무것도 없다는 사실을 피부로 느낀 3년을 보내면서 내가 바란 것은 일상, 오직 일상의 회복이었다. 일상보다 더 크고 중요한 것이 있다는 듯 다른 무언가를 좇으며 살아왔지만, 그 기간 동안 우리의 간절함은 아마 한곳을 가리켰으리라. 동시에 좁아진 삶의 반경 안에서 내 곁에 원래도 있었지만 이제야 발견하게 된 듯한 아름다움들을 자주 들여다보았다.

절박한 마음으로 저 글을 쓸 때와는 많은 게 달라졌다. 야외에서 마스크를 벗고 공기를 한껏 들이마실 수 있고,

사람들도 자유롭게 만나거나 여행을 떠날 일정을 잡는다. 거리 두기로 묶여있던 제약이 풀리면 당장이라도 먼 데로 떠나고 싶어질 줄 알았는데 괜찮았다, 이대로도. 작업실 창가에 서서 바다에 도착한 사람처럼 노을 사진을 찍고, 산꼭대기에 오른 사람처럼 구름 사진을 찍는다. 사진을 전송하며 가까운 사람들에게 아름답지 않느냐고 묻는다.

어렵게 배운 것을 쉽게 잊게 될까 봐서, 간절했던 마음이 과거가 되면 어느새 또 이 일상이 당연해질까 봐서, 그게 인간의 어리석음인 걸 알아서 자꾸 적어둔다. 오늘 내 앞에 도착한 아름다움을 보자고. 창 이레서 이어지는 성실함을 따라서 살자고.

잃어버렸다 되찾은 것을 오래 지킬 수 있는 방법은 하나다. 잃었던 순간의 간절함을 잊지 않는 것. 그 간절함으로, 눌러 쓴 글씨처럼 또박또박 사는 것.

팬데믹의 한가운데서 365일 다른 글과 그림으로 채운 일력을 만든 적 있다. 하루 한 가지씩 '오늘의 할 일'을 제안한 그 일력의 부제는 이랬다.

'하루씩만 잘 살아보는 연습.'

어떤 말은 그렇게 시간을 돌아서 다시 내게 오기도 한다.

하루치의 삶에
할 수 있는 만큼 성실할 것.

동시에 결코 오늘의 기쁨을
소홀히 하지 말 것.

# 여기 정말 좋다,
# 그런 말이 좋다

---

몇 해 전 일이다. 퇴근을 하고 집에 돌아와 저녁을 해 먹을까 하다가, 이틀 뒤면 여행을 떠나는데 냉장고 안에 해치워야 하는 음식이 많다는 데 생각이 닿았다. 냉장고를 털어 만든 볶음밥과 맥주 한 캔을 들고 식탁에 앉았다. 적막해 틀어놓은 TV에선 외국인들이 한국을 여행하는 프로그램이 나오고 있었다.

화면 속에선 한국에 사는 친구 제임스를 만나러 온 영국 청년 둘과 나이가 지긋해 보이는 장년의 남성이 이제 막 서울에 도착한 참이었다. 나이 차가 꽤 나는 조합이라

눈길이 갔다. 보통은 한국에 거주하는 외국인의 2~30대 친구들이 출연하는 여행 프로그램. 머리가 희끗희끗한 '데이브'는 65세, 그간의 출연진 중 최고령 여행자로 소개되었다. 하지만 나이가 중요한가. 막 시작된 여행의 신스틸러는 과연 데이브였다.

한눈에 알아볼 수 있었다. 그는 귀여운 사람이라는 걸. 귀여운 사람에게서 허술한 인간미를 빼놓을 수야 없지. 데이브는 평소에도 뭐든 잘 빠뜨리곤 하는 모양인데, 우선 바지 벨트를 영국 집에 두고 온 것부터가 문제였다. 몇 걸음 뗄 때마다 멈춰 서서 흘러내리려는 바지를 추슬러야 했으니까. 길을 물어보려고 잠깐 멈춰 선 가게 앞에서는 대답을 들은 뒤에 캐리어를 그 자리에 둔 채로 한참 걸어가기도 했다. 저만치 가서야 깜빡 깨달은 표정이 되어서는 "나 가방을 두고 왔어!!" 소리치며 황급히 뒤돌아 뛰는데, 그러면서도 얼굴은 해맑게 웃고 있었다. 실수 뒤에 낙담하거나 후회하기보다 웃으면서 자기가 할 수 있는 수습을 하니 어쩌겠는가, 같이 웃을 수밖에. 동행한 청년들 역시 그런 데이브를 좋아하고 있다는 게 눈에 선히 보였다. 어디에 가든 사소한 실수를 과자 부스러기처럼 흘리고 다니는, 한시도 농담을 잊지 않는 데이브는 보고 있는 사람을 같이 웃게 만드는 미소를 지니고 있었다. 그리고 무엇보다 그것을 가지고 있었다.

눈앞의 지금에 감탄하는 시선.
좋은 것을 좋게 말할 줄 아는 마음.

별생각 없이 튼 TV 채널을 돌리지 못했던 건 데이브의 '감탄력' 때문이었다. 한겨울 서울의 추위 속에서도 쉴 새 없이 감탄하는 그를 보자 빙금 전 그 추위를 뚫고 퇴근한 지친 직장인(=나)은 '그런가?' 싶어 자꾸 화면 속 서울을 들여다보게 됐던 것이다. 그는 마치 감탄하려고 태어난 사람 같았다. 우여곡절 끝에 도착한 한옥 게스트하우스에서도, 아무 정보 없이 무작정 들어간 인사동의 한 음식점에서도, 눈 내리는 추운 밤거리를 걸으면서도, 시티투어 버스를 타고 꽁꽁 언 서울의 야경을 보면서도 계속 멋지다, 아름답다 말했다. 오늘은 정말 근사한 하루고, 너희와 함께 이 풍경을 볼 수 있어 좋다고, 자신은 지금 이 순간이 너무 마음에 든다고. 함께 여행하는 이가 그렇게 말하면, 새로 고침 하듯 '지금'이 근사해진다. 아, 그래, 그렇지, 나는 지금 한 번뿐인 순간을 지나고 있지 하며 다시 제대로 봐두기 위해 눈앞의 순간에 집중하게 되는 것이다.

내심 그들의 여행을 지켜보면서 서울은 사계절 중 겨울이 가장 스산한데, 영국의 궂은 날씨를 겪고 온 세 사람에게 5월이나 10월처럼 눈부신 계절을 보여주지 못하는 게 안타깝던 참이었다. 나는 이게 서울의 최선이 아니란 걸 아니까. 더 아름다운 계절에 왔다면 더 아름다운 풍경을 목도할 수도 있었을 테니까. 벚꽃이 휘날리는 봄에, 이팝나무가 눈부신 초여름에, 은행잎이 노랗게 물든 가을에 서울은 얼마나 아름답던가. 하지만 화면 속에서 충분히 감탄하고 있는 데이브를 보고 있자니 문제는 계절이 아닌 것 같았다. 지금 겪는 계절을 가장 좋은 계절이라고 생각할 줄 아는 마음이 좋은 계절을 만나게 할 뿐.


낯선 나라의 낯선 도시를 여행하던 내가 저런 모습인

적 있었나 생각해 봤다. 호기심에 두리번거리며 걷는 것은 닮아있었지만 딱히 감탄하진 않았던 것 같다. 아니 정확히 말하면 감탄에는 늘 인색한 여행자였다. 지금이 그렇게 '감탄할 만한' 순간은 아니라고 여기곤 했으니까.

　나에게 감탄이란, 부사를 연이어 쓰고 싶어지는 상태, 진짜, 정말, 매우, 몹시 좋은 순간에만 꺼낼 수 있는 것이었다. 물론 여행지라고 해서 그런 순간이 자주 찾아오진 않았고. 잘못 들어선 길, 지저분한 골목, 아무 감흥도 불러일으키지 않는 유적지 앞에서 자주 울적해졌고, 기껏 여행을 와서 울적해하는 나 자신을 깨닫고는 기분이 더 기리앉아버리곤 했다. 자주 겪는 울적힘의 굴레다. 어떤 계기로 울적해짐 → 울적해진 내가 싫음 → 곱절로 울적해짐…….

　그러다 치앙마이로의 여행을 이틀 앞두고, 우연히 데이브를 보며 생각했던 것이다. 감탄도 재능이구나. 좋은 순간을 발견하는 것도, 좋은 것을 좋게 말할 줄 아는 것도 능력이구나. 그런 사람 곁에선 나도 같이 좋은 것을 볼 수 있게 된다. 아름다운 것을 더 아름답게, 좋은 것을 더 좋게 느끼며 금세 사라질 순간에 두 발을 꼭 붙이고 머무르게 된다. 그러니 다시 여행을 한다면, 나 역시 그런 사람이 되고 싶었다. 자주 감탄하는 사람이. 나 자신에게도 여행의 동행에게도.

겨울에 따뜻한 나라에 가는 건 '강'과 나의 연례 행사 중 하나였고, 그해도 마찬가지였다. 다른 게 있다면 이번 여행엔 미리 정한 숙제가 있다는 것. '자주 감탄하기.' 그해 겨울, 치앙마이에 일주일 동안 머물면서 나는 자주 외쳤다. 내가 정말 좋아하는 여름 날씨야! 저기 커다란 나무 좀 봐! 이 카페 너무 근사하다. 이 집 땡모반 진짜 맛있지! 아… 여기 정말 좋다.

다른 건 아껴도 감탄은 아끼지 않는 사람이 한번 되어보고 싶었다. 짧은 여행에서라면 잠시 그런 나로 살아보는 것도 어렵지 않을 테니까. 그동안은 뭐가 좋아도 싫어도 그건 그저 내 마음속에서만 일어나고 사그라지는 감정일 때가 많았다. 그런데 그 일주일 동안, 일부러라도 감탄을 자꾸 꺼내놓고 보니 눈앞에 마주한 순간이 더 좋고 근사하게 느껴졌다. 마음의 채도와 명도를 조금씩 올린 것처럼. 그제야 감탄의 숨겨진 기능을 알 것 같았다.

말하는 순간 더 선명해지는 마음.

내 안에서 흘러나와 다른 이까지 물들이는 환한 기분.

그것이 그 속에 있었다.


감탄을 연습하고 돌아온 후, 일상에도 감탄의 씨앗을 잘 옮겨 심고 싶어졌다. 잘 감탄하자. 이왕이면 입 밖으로 내어놓자. 같이 좋아할 수 있다면 더 좋으니까. 자주 어깨를 치자. 자주 손목을 잡아끌자. 좋은 것을 같이 바라보고, 같이 냄새 맡고, 같이 귀 기울여 들이보자. 안 좋은 감정을 털어놓을 수 있는 친구만큼이나 좋은 순간을 함께 느낄 수 있는 사이도 귀하기 마련이니까. 잘 감탄하는 사람 하면 떠오르는 몇몇 얼굴들이 있다. 그들은 처음 만났을 때 놀라면서 조용히 좋아했듯이, 나 역시 누군가에게는 그런 사람이 되고 싶었다. 눈앞의 지금을 더 좋게 볼 수 있게 해주는 사람, 삶을 '그냥 그런' 것으로 여기지 않는 사람이.

언젠가 동료 작가 미화리가 애인과 대화하다가 그가 김이 팍 새게 만드는 소리를 할 때마다 "너 잡채야?(왜 내 기분을 잡쳐?)" 말한다고 알려준 적 있다. 강과 나는 그 말에 깔깔 웃은 후로, 비슷한 상황이 오면 어쩐지 그들을 따라 하게 되었다. "너 혹시 잡채야??" 그렇게 말한 뒤엔 둘 다 웃게 되므로 결과적으론 잡채가 아니었던 게 되지만. 어쨌든 잡채를 알게 되고 나니, 잡채가 되지 않기 위해 서로 신경 쓰게 되었다는 얘기. 여행지에서 우연히 들어간 식당의 밥이 맛없어도 상대방 기분을 망칠까 봐서 이 정도면 됐다는 듯 꾸역꾸역 먹는 식이다. 서로 그런다는 걸 알아서 좀 웃기는데, 밖에 나오고 나서야 에둘러 말한다. "음, 다시 찾아올 만큼은 아니다." "그치, 나도." 캠핑장으로 불어오는 바람에 실린 지독한 소똥 냄새를 못 맡은 척할 때에도, 날씨가 좋아야 볼 수 있는 풍경이 비로 가려졌을 때 실망하지 않은 척할 때에도. 서로의 기분을 보전해 주려 애쓴 그 순간이 기특하고, '별로'인 것을 상쇄해 줄 다음의 '좋음'을 찾아 나설 기운도 생긴다. 쓰다 보니 감탄만큼 중요한 태도이기도 하네. 잡채 되지 않기!

좋았던 기분도 잡치게 만드는 사람이 잡채라면, 나빴던 기분도 단박에 좋아지게 하는 사람은… 일단 ○○이라고 하자. ○○을 무엇으로 채워야 할까. ……역시 맥주밖에 생각나지 않는다. 옆에서 강은 "무슨 소리야, 만두지"를 주장하고 있고. 동그라미 안에 무엇을 넣을지는 각자 알아서 정하기로 하고. 그러고 보면 인생은 결국 잡채가 될 것이냐, 맥주가 될 것이냐의 문제고 나는 언제나 후자가 되고 싶다. 여행자일 때도, 생활인일 때도. 나 자신에게도, 친구에게도.

안 그런가요, 데이브? 그러고 보니 오늘 서울의 날씨는 흐리고… 아니, 흐린 덕분에 단풍이 더 선명하군요! 그쪽 날씨는 어떤가요? 물론 우산 없이 비를 맞는 날이어도 당신은 감탄하며 웃고 있을 것 같지만.

# 우리가 선을 넘을 때
# 생기는 일

몇 해 전 제주에 머물 때, 점심을 먹고 근처 카페에 간 적 있다. 게스트하우스에 딸린 작은 카페였는데, 곳곳에 나무를 깎아 만든 소품들이 놓여있었다. 평소 나무 소품을 좋아하는 강과 나는 반가운 마음에 하나하나 생김새를 들여다보았다. 고래나 해달 모양 펜꽂이, 제주 지형을 본뜬 캔들 홀더…… 카운터 안쪽에서 커피를 내리고 있던 주인이 그런 우리를 보고 말했다. "원하시면 목공 체험도 하실 수 있어요." 오후 일정도 없던 터라 그럼 뭘 좀 만들어볼까 싶었다. 만들어진 걸 사는 것보다 직접 만들어서 가져가는 게 더 기념이 되겠거니 여기면서. 카페 맞은편의 작업장으로 건너가 보니, 커다란 나무 테이블 위에 작업하다 만 소품들과 톱밥이 흩어져 있었다.

강사가 된 주인의 안내에 따라 순서를 숙지하고 작업을 시작했다. 우리가 만들기로 한 건 고래 모양 엽서 꽂이. 구글에서 고래 이미지를 찾아내 삼나무 조각 위에 밑그림을 그렸다. 밑그림대로 나무를 자른 다음에 할 일은 성실한 사포질. 사포질을 얼마만큼 하느냐에 따라 질감부터 모양이 조금씩 달라진다고 하여 그때부턴 무념무상으로 사포질에만 몰두하고 있는데 주인이 말을 건넸다.

"저희 집이 요 건너에 있거든요. 밥 먹고 올 동안 가게 좀 봐주세요. 누가 오거든 주인은 점심 먹으러 갔으니 이따가 올 거라고만 전해주시면 돼요."

네? 네네! 망설일 틈도 없이 대답을 했다. 톱밥이 묻은 작업복 앞치마를 풀어놓은 주인은 총총 길 건너로 사라졌다. 강은 여전히 사포질에만 몰두하고 있었다. 혼자 멍

하니 있다가 강에게 말했다.


"방금 좀 설레지 않았어?"

"뭐가?"

"이 가게를 우리한테 맡기고 식사하러 가신 거 말이야. 나 이런 대접 너무 오랜만에 받아보는 거 같아. 설레버렸네……."

"그러게. 서울에선 상상도 못 할 일이다."


방금 상대가 나에게 귀한 것을 건넸는데, 내가 이런 걸 어떻게 들어야 하는지 잘 모르는 사람이라 이러지도 저러지도 못한 채로 조심히 안고 있는 기분이었다. 맡은 역할이 좀 긴장돼서 내심 아무도 오지 않기를 바랐지만, 한 번은 카페 손님이 찾아왔고, 또 한 번은 동네 주민분이 다녀갔다. 별거 아닌 일인데도 잘 해내야만 하는 것처럼 책임감이 생겼고, 가게 주인의 가까운 사람이라도 되는 듯 응대를 끝내고 나면 괜히 어깨가 으쓱했다.

이게 이럴 만한 일인가 싶다가도, 누가 나를 믿으면, 허물없이 대해버리면 마음이 녹는 걸 어떡하나. 나는 왜 이런 데 약할까. 내가 하지 못하는 걸 상대방이 아무렇지 않은 얼굴로 해내서 그런 걸까. 이렇게 대하면 부담스럽 겠지, 이런 말을 해도 되나, 속으로 너무 많은 경우의 수를 따지다가 데면데면한 채 상황을 끝내버릴 때가 많은 사람, 그게 평소의 나다. 돌다리만 두들기고 있으니 건너 오길 기다려주던 맞은편 상대가 떠난 적도 많다. 주말에 내 메신저가 너무 조용한 건 지금껏 그렇게 살아와서겠지…. 아무 때고 내게 전화해 나야, 하고 말을 건넬 사람이 없는 거겠지. 생각해 보넌 그린 션올 아무렇지 않게 넘나 드는 친구들도 있었다.

상은 20대의 어느 날, 아르바이트를 마치고 돌아와 현관문을 열었더니 친구 M이 웃통을 벗은 채로 아버지와 마주 앉아 밥을 먹고 있는 모습에 깜짝 놀란 적 있다고 했다. 그 얘기를 M과 셋이 있을 때 종종 하면서 강은 "이거 미친놈이야" 하면서 서두를 뗐지만, 그 말엔 늘 웃음이 묻어있었다. 이 얘기가 별거 아닌 것처럼 느껴진다면, M의 자리에 곧 죽어도 그런 일은 못 할 자신을 대입해 보면 실감 난다. 친구 집에 갔는데 친구가 없다. 친구 아버지가 들어와서 기다리라고 하신다. 애초에 그럴 생각이었기에 그 집 거실에 앉아 친구 아버지와 TV를 본다. 날이 더운데 에어컨이 고장 났단다. 아버지는 이미 '메리야스' 차림이다. 그래도 될 거 같아서 웃통을 벗는다. 아버지가 저녁을 먹자고 하셔서 고개를 끄덕인다. 밥상 앞에 앉는다. 선풍기 바람을 쐬며 막 밥을 떠먹는데 친구가 집으로 들어서며 깜짝 놀란다. ···아무리 생각해도 혀를 내두르게 되는 상황이다.

M은 그런 성격 때문인지, 늘 자신의 친구와 친구를 소개시켜 주길 좋아했다. 강과 나도 몇 번 당한 적 있다. 낯가리는 사람에게는 약간의 도전적인 상황이 펼쳐지는 셈인데(오늘 둘이 보는 줄 알고 나갔다가 어느새 초면인 사람들과 소주를 마시고 있게 된다거나) M은 얘도 좋은 애고 얘도 좋은 애니까 같이 만나면 좋음이 두 배가 된다고 믿는 애였다. 사람은 그렇게 약간의 어색함을 딛고 친해지면서

어울리는 거라고, 그런 데서 추억이 생기고 이야기가 생긴다고 믿는 사람.

　그러고 보면 나는 반대다. 내가 어색하거나 불편한 상황은 남들에게도 마찬가지일 거라고 여기므로 뭐든 먼저 나서서 하자고 말하지 않는다. 약간의 용기가 필요한 상황은 '폐 끼치는 상황'과 동일하다고 판단해 버리고. 폐 끼치고 싶지 않다는 건 짐짓 예의를 차리는 것 같아 보여도 동시에 온전한 내 시간, 내 장소, 내 마음을 보장받고 싶다는 욕구이기도 하다. 어렸을 적 짝꿍과 책상 가운데 선을 그어두고 넘어오지 말라고 하던 것처럼. 나의 개인 영역은 여기까지, 너의 개인 영역은 거기까지, 서로 침범하지 않는 것을 불문율로 여기는 것. 선을 그으며 사는 일은 익숙하고 편하다. 하시만 세상에는 어떤 선을 넘어야만 그 선 뒤로 열리는 관계도 있다.
　여행지에서 골목을 걷는데 할머니들이 여기 평상에 앉아 수박 좀 먹고 가라고 손짓할 때. 낯선 동네의 호프집에서 옆 테이블 사람들이 생일 케이크를 나눠줄 때. 어색하지만 싫지는 않은 그 기분. 건네받은 건 수박이나 케이크인데, 실은 다른 뭔가가 같이 딸려 온 것만 같은 기분. 그 무언가가 내 마음의 오래된 어딘가를 건드리는 것만 같다. 그걸 뭐라 해야 할까. 어떤 가능성일지도 모르겠다. 낯모르는 우리가 함께 어울려 웃을 수 있는 사람들이라는 가능성. 어쩌면 원형일지도 모르겠다. 아주 오래전부터 우리는 사실 이렇게 살아왔다는 기억.

내가 이런 걸 기다려왔나? 이런 걸 좋아했던가? 싫어질 때면 생각한다. 혼자 있는 게 편하고, 혼자서도 충분하다 여기고, 사람들과 어울리는 일은 피곤하거나 힘든 것처럼 굴어도 결국은 드문드문 이런 순간이 필요했다는 걸. "밥 먹고 올 동안 가게 좀 봐주세요." 그 말 한마디에 마치 그 순간, 그 공간에 받아들여진 것 같은 기분을 느꼈던 것처럼.

사실 나는 사람과 사람이 만나서 이야기가 생기는 순간을 좋아하는구나.

허물없이 지낸다는 게 결국 서로의 허물을 보게 돼도 괜찮다는 말이구나.

그런 내가 요즘 제일 넘어보고 싶은 선은, 뭘 시켜야 될지 고민될 때 옆 테이블과 그 고민을 공유하는 일이다. 그러니까 미나리전과 골뱅이무침 사이에서 고민하고 있을 때 옆 테이블에서 미나리전을 먹고 있으면 맛있냐고 넌지시 물어보는 일. 그럼 그쪽에서 한 입 먹어보라며 (정 있게도) 바삭한 부분을 조금 떼어주는 일. 그럼 넙죽 받아먹고 "헐 맛있네요!" 오버를 한 뒤에 "이거 시켜야겠다!" 말하는 일이다. 여기까지만 쓰는데도 온몸에 힘이 들어간다. 쑥스러워서. 하지만 그런 대화가 오가도 이상하지 않을 법한 정겹고 오래된 가게에서 옆 테이블 안주를 흘깃거린 적 있는 사람이라넌 내 밀을 이해하겠지. 다 같이 정겨워도 좋을 텐데 테이블마다 섬처럼 외따로 떨어져 각자 즐거운 중이니까, 서로 힘을 합쳐 쑥스러움과 민망힘을 이겨내면 즐거움이 곱절이 될지 무른다. 뭐 그런 생각을 해보는 밤.

# 거기가
# 나의 집이야

———

 고향 집으로 가는 길을 떠올리면 시골 들판에 누군가 붓으로 그어놓은 듯 뚜렷한 길이 떠오른다. 옛날부터 '신작로'로 불렸던 그 길. 내가 태어나기도 전에 이미 포장이 되어있던, 그러니 만들어진 지 한참인 그 길을 어른들은 왜 끝까지 '새로 만든 길新作路'이라고 불렀을까? 아무튼 낡은 신작로는 쭉 이어지면서 산자락 아래마다 여러 집들이 모여 사는 마을들을 연결했고 하루에 예닐곱 번 그 위로 버스가 다녔다. 우리 집은 그 길에서도 잔뿌리처럼 뻗어 나온 좁은 길로 꺾어 들어가야 했다. 마을과 동떨어져 있어 친구들을 만나려면 언덕 하나를 넘어가야 했던 집. 차가 드나들기에도 쉽지 않았다. 어려서는 신작로를 달리던 아빠가 핸들을 한껏 꺾어 집으로 향하는 좁은 길로 들어설 때마다 마음을 졸였다. 트럭 한 대가 양옆으로 꼭 들어차는 길 위에선 삐끗하는 순간 바퀴가 논두렁 아래로 빠져버릴 것 같았으니까.

세월이 흐르는 동안 길은 넓어지지 않았지만 풍경은 조금 바뀌었다. 실개천 같은 길을 따라 오르막을 한 번 더 오르면, 왼편에는 서울에서 귀촌한 아주머니 아저씨가 새로 지은 집이 있고, 그 오른편에는 우리 집이 있다. 정확히 말하면 두 번째 우리 집이다. 내가 나고 자란 집은 여기서도 100미터 정도 더 올라간 곳, 진짜 길의 끝에 있으니까. 두 번째 우리 집은 10년 전까지만 해도 고모할머니가 사시다가 할머니가 돌아가시면서 주인 잃은 빈집이 됐다. 고모할머니의 자식들은 시골에 와서 살 생각이 없었고 내심 근처에 사는 아빠가 이 집을 사주길 바랐다. 엄마의 평생소원은 농사를 일궈 모은 돈으로 모든 게 반짝이는 새집을 갖는 것이었는데, 아빠가 몇십 년 된 구옥을 덜컥 사버리면서 물거품이 되었다. 상심한 엄마를 달래듯 아빠는 그 집 앞에 편백나무로 방 하나를 만들었다. 세면대를 달고 새 싱크대를 들이고 어쨌든 오래된 집에 새 물건들을 채워 넣으니 '헌새집' 같은 느낌의 공간이 탄생했다.

그래도 나는 여전히 '고향 집' 하면 길 끝의 옛집부터 떠올린다. 마을에서 동떨어진 집은 외따로 있어 아늑했고, 때로 쓸쓸했으며, 해가 짧아 늘 서늘했다. 마루 끝에 가만히 앉아있으면 온갖 새소리와 뒤뜰의 대나무가 바람에 흔들리는 소리만 들리던 곳. 그 집에 큰 변화가 생긴 건 몇 년 전이었다. 장마가 유난히 길게 이어지던 여름, 흙집의 벽이 조금씩 무너져 내리기 시작했다. 오랜 세월을 더는 버티지 못하는 나이 든 존재처럼. 할머니가 그 집을 떠나고 싶어 하지 않았기에 여태 아랫집 윗집을 오르내리며 살림을 돌보던 부모님은 결국 집을 무너뜨리기로 결정했다. 그랬다는 것을 나중에야 전해 들었다. 그 집이 무너지던 날, 엄마가 사진을 찍어 보내주었을 때야 알았으니까. 전화를 걸어 왜 미리 얘기해 주지 않았느냐고 원망하듯 말했지만, 미리 알았더라면 나는 한달음에라도 고향에 내려갔을까. 모르겠다. 그때는 더 중요한 일이 많다고 생각했으니까. 태어나고 자란 곳이 아니라, 내가 살아가고 있고 앞으로 살아갈 곳에서 지금 해야만 하는 일들을 해내야 이 도시에 내 자리가 생긴다고 믿었으니까. 모니터에 박고 있던 고개를 들고서야 벌써 해가 지고 있구나, 깨닫던 날들이었다. 전화를 끊고 나서 허망함이 밀려들던 것도 누군가 부르는 소리에 금세 잊었다. 엄마가 보낸 사진 속에서 무언가 무너지고 있었지만, 그땐 그것이 정확히 무엇인지도 몰랐다.

시간이 흐른 후 그 자리엔 하얗고 네모난 집이 지어졌다. 더 이상 '집'이라고 부르기 망설여지는 공간. 추억이 없는 공간. 지붕이 있고 벽이 있는, 비바람을 가려주는 기능적인 역할만 하는 공간. 알츠하이머로 혼자 있을 수 없게 된 할머니가 아랫집으로 내려오면서 새집은 금세 빈

집이 되었다. 특색이 없어 손님이 아주 드문드문 찾아오는 시골 마을 펜션 같기도 했다. 기성품을 잇대어 뚝딱 지어낸 듯한 집이어서 더 그랬을 것이다.

하지만 또 시간이 지난 후 나는 생각한다. 태어나고 자란 땅이 여전히 거기 있다는 게, 그래서 언제든 찾아갈 수 있는 곳이 있다는 게 얼마나 다행한 일인가 하고. 새로 지어진 집이니 새로운 추억이 쌓이겠지. 무엇보다 다 무너지고 사라졌지만, 나만 볼 수 있는 풍경 너머 풍경이 있다. 저쯤엔 탱자나무로 이루어진 울타리가 있었지. 어린 몸을 구기면 통과할 수도 있었지만, 그러려면 탱자나무 가시에 팔다리가 긁히는 것을 감수해야 했던. 자라는 몸에서 상처는 금세 아물었기에 그게 아픈 줄도 모르고, 숨바꼭질에서 들키지 않기 위해, 도망가는 방울이를 따라잡기 위해 드나들던 자리. 지금은 키 낮은 사과나무가 있는 저 자리에는 커다란 살구나무와 자두나무가 나란히 자랐었지. 여름이면 번갈아서 열매를 따 먹었기에 신맛이 입안에서 터지는 매끄러운 자두보다 조금 더 다정한

맛이 나는 살구를 좋아한다는 것도 일찍 알게 되었다. 그 나무들 뒤로는 비탈에 울창하게 자란 대나무가 뒷산과 집의 경계를 만들어주곤 했다. 어려서도 대나무 사이로 부는 바람 소리가 좋았다. 한 번도 보지 못한 바다를 떠올리게 하는 소리였으니까. 그건 할머니가 화분 위에 얹어둔 소라 껍데기를 귀에 가져다 댔을 때 나는 소리와 닮아 있었다. 그게 바로 파도 소리라고 가르쳐주었던 것은 삼촌이었나 고모였나. 지금의 나보다 어린 얼굴의 그들이 그 풍경 속엔 더러 함께 있곤 했다.

이런 이야기를 나는 끝도 없이 할 수 있다. 더 이상 그 집은 없어도. 그럴 때 그 집이 정말 사라졌다고 할 수 있을까?


"우리 집은 멀고도 현해. 저 울타리를 전부 지나서 바다 반대편 고사목 쪽으로 와. 일렁이는 가느다란 물줄기가 보이면, 푸른 나무에 둘러싸일 때까지 상류로 올라와. 해가 지는 쪽으로 물길을 따라오면 평평하고 탁 트인 땅이 나오는데, 거기가 나의 집이야."

넷플릭스 시리즈 〈빨간 머리 앤〉 시즌3에는 앤이 야외 수업 중에 만난 인디언 소녀 '카퀫'이 앤에게 자신의 집으로 오는 길을 설명하는 장면이 나온다. 주소도, 번지도 없는 저 설명이 자꾸 영상을 되돌려 다시 듣고 싶을 만큼 좋았다. 카퀫의 말을 되뇌며 길을 따라가기만 하면, 분명 찾으려 했던 바로 그곳에 이를 수 있을 것 같은 기분. 그리하여 누군가 내가 태어나고 자란 집에 찾아가는 길을 물어온다면, 언제든 이렇게 말하고 싶다.

시냇물을 건너면, 왼편에 '사슴의 문'이라는 뜻을 지닌 마을 비석이 나타날 거야. 아주 먼 옛날 사슴이 많이 살아 그리 이름 붙였다지만, 지금 사람들은 그런 뜻이 담긴 줄도 모르고 지나치는 곳. 비석 왼편으로 난 길이 큰 마을로 통하지만 그리로 가지 말고 다리를 건넌 방향 그대로 쭉 오면 돼. 왼편으로 실개천 같은 좁은 길과 내려다보이는 들판이 나타날 때까지. 그 좁은 길로 들어섰다면 이제 길은 외길뿐이니 걱정 말고 계속 따라 걷기만 하면 돼. 국화꽃이 핀 담벼락 옆에 사계절 붉은 대문이 잠겨있는 집을 지나, 허물어진 집터만 겨우 남아있는 곳을 지나, 풀이 웃자란 무덤가를 지나면, 거기, 야트막한 오르막길 위에. 마침내 길이 끝나고 산이 시작되는 곳에. 외따로 떨어진 집이 한 채 있어.

　"거기가 나의 집이야"

# 내일을 향한
# 화살표

―――――――

어렸을 적 생긴 오래된 흉터가 하나 있다. 다쳐서 생긴 상처를 '훈장'이라 부르려면 거기엔 어떤 사연이 필요한 걸까? 만일 이 흉터가 병아리를 물어 가려는 매(실제로 있었다)의 공격을 저지하려다 생긴 것이었거나 동네 아이들의 종아리만 골라서 쪼아대던 칠면조(실제로 있었다)와 대적하다 다쳐서 생긴 것이었다면 당당히 '훈장'이라 부를 수 있을 텐데. 애석하게도 이것은 그냥 흉터다.

예닐곱 살 무렵이었을 거다. 학교에 다니기 전이었으

니까 밭일 나간 부모 옆에 얼쩡거리며 무당벌레나 땅강아지 같은 것들과 놀고 있었겠지. 엄마 아빠는 그때 길 옆의 자투리땅에 만든, 삼각형 두 개를 어슷하게 붙여둔 것 같은 작은 논에서 추수를 하고 있었다. 모양이 반듯하지 않았던 땅이라 기계로 뭔가를 심거나 수확하기 어려워서 늘 손이 많이 가는 곳이기도 했다.

시골에는 놀 게 지천이었지만 늘 심심했다. 맨날 놀던 것들과 또 놀아야 해서 그랬겠지. 그날따라 어린 나는 유난히 지루했고, 추수를 하고 있는 부모를 흘깃거리며 혼자 논두렁에서 놀다가 무슨 충동에선지 벼를 한 번만 베어보겠다고 나섰나. 그 나이 땐 왜 어른들이 하는 모든 것들이 해보고 싶은 건지 모르겠다. '처음'이라는 게 나한테 딱 한 번만 오는 것이어서 그런 걸까. 딱 한 번만, 어른들이 크- 하며 마시는 말간 소주를 입에 대보고 싶었고, 딱 한 번만 다디단 프림 냄새가 나는 커피를 마셔보고 싶었고, 딱 한 번만 장작에 직접 불을 붙여보고 싶었다. 그때도 그런 마음으로 나섰을 것이다. 딱 한 번만, 아주 조금만 벼를 베어보겠다고.

비지땀을 흘리며 일하던 엄마가 위험해서 안 된다고 잘라 말하는 바람에 김이 팍 샌…… 게 아니라, 어린 마음에 도리어 불이 지펴졌다. 그때부터 생떼를 쓰기 시작했다. 여러 번도 아니고 한 번만 해보고 싶은 건데 왜 안 되냐고, 조심하면 되지 않느냐고, 뭐 그런 어깃장이었을 것이다.

언제나 그런 순간에 엄마보다 무르게 구는 아빠가 진짜 한 번만 해보는 거라며 손에 낫을 쥐여주었다. 조막만한 내 손을 겹쳐 잡고, 이렇게 왼손으로 벼 아랫부분을 한 움큼 잡은 다음, 잡은 손 아래쪽을 살캉 베면 된다는 설명과 함께 낫이 지나가야 할 자리를 여러 번 시연도 해주었다. 어렵지 않아 보였다. 그래서 아빠가 손을 떼자마자 왼손으로 벼를 한 움큼 잡았고, 몇 시간 동안 눈으로 익힌 것을 실습해 보듯 낫질을 했다. 엄마 아빠는 내가 "글을 가르친 적도 없는데 오빠 어깨 너머로 한글을 깨쳤다"는 걸 만나는 사람마다 붙잡고 자랑하곤 했으므로, 나는 내심 어깨 너머로 익힌 건 뭐든 잘해낼 거라는 자신이 있었다. 물론 자신감은 꼭 한 번 자신을 배신하기 마련이고.

분명 벼를 베었다고 생각했는데, 내가 벤 건 벼가 아니라 왼손 두 번째 손가락이었다. 옆에 선 아빠가 놀라서 숨을 들이마시는 게 느껴졌다. 피가 금세 손등을 덮으며 흘러내렸고 어디를 얼마나 벤 건지도 모를 정도였지만 울 수가 없었다. 처음부터 안 된다고 하는 걸 우겨서 낫을 잡은 탓에 스스로 손가락을 벤 거였으니까. 화가 머리끝까지 난 엄마는 그러게 왜 떼를 썼냐고 나에게 소리를 쳤고, 그러게 애한테 그걸 왜 쥐여주었느냐고 아빠에게 더 큰 소리를 쳤다.

　입이 열 개라도 할 말이 없어진 여섯 살의 나는 아빠 오토바이에 실린 채 피를 철철 흘리며 면사무소 옆의 보건소에 갔다. 감기와 배탈이 제일 흔한 병치레인 시골에서 무료한 오후를 보내고 있었을 의사 선생님(지금 생각해보면 젊은 보건의)은 놀란 얼굴을 했다가 약간은 상기된 표정으로 꿰매면 된다고 했다. 사람도 꿰매는구나. 간호사 언니가 정말 바늘과 실을 가져오는 걸 보고는 약간의 충격을 받았다. 팔의 솔기가 터진 곰 인형이 된 기분이었고, 고개를 돌려 꿰매는 모습을 보지 않는 것으로 고통을 견

덨다. 생애 최초로 바느질당한 기억이다.

"많이 아플 텐데 울지도 않네요. 씩씩하네."

선생님이 나의 용기와 참을성을 높이 사는 통에 약간 민망했던 기억도 남아있다. 그게 아니라 아프긴 대따 아픈데 제가 지금 울 자격이 없거든요, 집에 가면 또 엄마한테 혼날 텐데요, 아니 이 붕대를 볼 때마다 다시 혼날 게 분명한데요, 그래서 말인데 이건 언제 푸나요? 하고 구구절절 늘어놓을 순 없었기 때문에 잠자코 있었을 뿐. 아빠는 이 모든 일이 일어난 두어 시간 동안 울지 않고 버틴 내가 장했는지 안쓰러웠는지 읍내 슈퍼에서 아이스크림을 원하는 대로 사주었다.

그 후로 한동안 붕대를 칭칭 감은 채 지냈다. 몇 주 뒤 실밥을 뺄 때(녹는 실도 없었던 시절이다) 살 안쪽에서 스르르 실이 빠져나가던 이물감이 아직도 기억난다. 떠올릴 때마다 미간을 찌푸리게 되는, 살 안쪽이 다시 베이는 듯했던 그 느낌. 왼손 두 번째 손가락에는 여섯 바늘이 지나간 선명한 흉터가 남았다.

여기서 이야기가 끝났다면 새드 엔딩이겠지만, 이 사건은 의외로 좋은 것을 남겼다. 그 전까지 내 인생에 없던 것이 생겨난 것이다. 그건 역시 엄마 말을 잘 들어야 한다는 교훈도, 아픔을 참으면 반드시 보상(아이스크림)이 온다는 인생의 진리도 아니라⋯⋯ 바로 오른쪽 왼쪽을 명확하게 구분하게 된 일이었다. 쉬웠다. 흉터가 만져지는 쪽이 왼쪽이었으니까.

그때까지 나는 오른쪽 왼쪽을 구분해야 하는 상황마다 시험에 드는 기분이었다(유사품으로는 미닫이문과 여닫이문 구분하기가 있다). 어른들은 어떻게 이걸 정확하게 구분하는 걸까? 몇 살쯤 되면 눈 감고도 맞힐 수 있는 걸까? 그런 종류의 일은 어린 나에게 늘 어려운 문제였다. 왜냐고 물으면 '원래' 그렇게 정한 거라고, 앞으로 이렇게 부르면 된다고 하는 것들. '원래'라는 게 언제부터인 건지, '누가' 그렇게 하기로 정한 건지, 그럼 그렇게 부르지 않기로 마음먹는 건 잘못된 일인지 늘 궁금했다.

그랬기 때문에 매번 겨우겨우 고비를 넘어왔던 것 같다. 일단 왼쪽이라고 했다가 눈치를 봐가며 내가 말한 게 오답이다 싶을 때 아, 오른쪽이네, 착각했네! 하고 말하거나 친구들보다 한 걸음 뒤에 서서 따라가는 식으로. 그렇게 살아온 내게 드디어 흉터가 만져지는 쪽이 왼쪽이라는 명확한 표식이 생긴 것이다. 얼마나 마음이 놓였는지 모른다. '다치기를 천만다행'이란 생각마저 들 정도였다. 그 후로 자라는 내내 나는 내가 왼쪽 오른쪽을 잘 구분하지 못하는 어린이라는 사실을 훌륭하게 숨길 수 있었다. 헷갈릴 때마다 엄지손가락으로 검지 위를 살살 쓸어보기만 하면 됐으니까. 오돌토돌한 흉터가 만져지면 아 이쪽이 왼쪽, 할 수 있었다.

흉터는 이제 희미해졌다. 가까운 사람이나 눈 밝은 사람들만이 알아보는 흔적. 하지만 촉감이 느껴질 만큼의 자국은 남아서 여전히 손가락을 쓸어보면 토돌토돌한 나무껍질을 만질 때 같은 느낌이다. 이상한 건 왼쪽 오른쪽 구분이 조금도 어렵지 않아진, 여섯 살 무렵 완벽히 '어른'

이라 생각한 나이가 되어서도 내가 여전히 선택의 기로에 놓일 때마다 흉터를 쓸어보는 사람이 되었다는 것이다.

원래 그렇게 부르기로 정했으니 어서 어느 쪽인지 말해보라는 물음에 말문이 막힐 때마다, 이쪽 길로 가야 후회하지 않을지 저쪽 길이 맞을지 도무지 정할 자신이 없을 때마다, 문지르면 답이 나오는 요술 램프를 만지기라도 하는 것처럼 왼손 검지를 쓸어본다. 물론 그런다고 해서 어렸을 적처럼 정해진 답이 척척 나오진 않았다. 세상엔 왼쪽 오른쪽을 구분하는 것보다 복잡하고 어려운 결정이 훨씬 많았으니까. 다만 흉터를 가만가만 쓸어보는 게 묘한 안정감을 주었나. 익숙한 숙고의 자세로 돌아가면 더 나은 생각을 떠올릴 수 있을 것 같은 기분, 내가 고른 게 아주 틀린 선택지는 아닐 거라는 믿음, 그런 것들 덕분에.


어린 나에게 방향에 대한 확신을 주었던 흉터처럼, 사는 동안 이렇게 명확한 기준이 존재해 준다면 얼마나 좋을까. 모든 상황에 맞는 단 하나의 정답은 없겠지만, 오히려 그래서 더 생각하게 된다. 삶은 결국 내가 한 무수한 선택으로 이루어질 텐데, 어떤 선택은 나를 희미하게 하고 어떤 선택은 나를 또렷하게 할 텐데 그때마다 헤매지 않으려면 기준이 필요하다고. 그건 대단한 무언가를 말하는 게 아니다. 이를테면 욕심이 마음을 탁하게 해 선택이 어려운 순간에는, 손가락에 붕대를 감은 채 서있는 여섯 살의 나에게 설명하기에도 부끄럽지 않은 선택을 하면 된다는 것. 우리 안에는 그런 길잡이 같은 아이가 살고 있을 테니까.

그렇게 생각하면 미래는 닥쳐오는 게 아니라 내가 정하는 일 같다. 선택의 기로마다 너는 어떤 미래를 선택하고 싶으냐고, 어떤 미래를 살고 싶은 사람이냐고 스스로에게 묻는 일. 묻다 보면, 아직 오지 않은 시간을 마중 나가는 마음이 된다. 미래가 올 방향으로 걷는 게 아니라, 내가 먼저 나가 있는 그 자리에 미래는 당도할 것이다. 삶이란 결국 스스로 선택하고 결과를 책임지는 일의 연속일 것이므로.

이젠 얼굴도 희미해진 사람이 내 검지를 물끄러미 바라보다 말해준 적 있다. 모든 흉터는 사실 훈장인 걸 아느냐고. 이 일을 겪어냈다는, 그 후로 여기까지 살아냈다는 흔적이니까. 어린 내게 '흉터'가 방향을 일러줬다는 건, 그러고 보면 삶이 건네는 짓궂은 농담 중 하나 같기도 하다.

# 어디든 갈 수 있어
# 무엇이든 될 수 있어

———————

    늦은 밤 집으로 돌아올 때마다 듣는 노래가 있다. 방금까지 함께 있던 사람들과 나눈 대화가 오랜만에 즐거웠을 때, 그중 어떤 이야기가 내 안에 작은 불을 켜주었단 걸 느낄 때, 취기가 오른 채로 광역버스의 좌석 등받이에 몸을 기댈 때, 혹은 야근을 마치고 집으로 돌아가는 택시를 탔을 때, 멀리 도심의 야경을 바라보면서 서울에 온 지 몇 년이나 되었구나 하고 지나간 세월을 손꼽아볼 때……. 어김없이 내 귓가엔 같은 앨범이 재생되고 있다. 언젠가부터 나의 귀가 리추얼이 된 앨범, 영화 〈월터의 상상은 현실이 된다〉 O.S.T.다.

첫 곡인 '스텝 아웃Step Out'의 드럼 소리가 시작되는 순간 심장이 쿵쿵 뛴다. 하루 종일 세상일에 닳은 마음이 순식간에 압축되며 공간이 생기고, 그 여백에 아름답고 광활한 풍경이 들어찬다. 불과 얼음의 땅 아이슬란드, 그린란드의 검푸른 바다, 압도적인 풍경의 히말라야 설산······. 앉은 채로 떠나는 여행 같기도 하고, 눈을 뜨고 꾸는 꿈 같기도 하다. 내게는 유일무이한 공감각적 심상의 앨범인 셈이다. 그럴 때면 생각한다. 듣는 것만으로 단숨에 경이로운 풍경 속에 서있게 하는 노래가 있어서, 그런 노래를 간직한 채 살아갈 수 있어서 참 다행이라고.

영화 〈월터의 상상은 현실이 된다〉 속에서 주인공 월터는 〈라이프〉 매거진의 사진 관리부서에서 16년간 성실히 일해온 남자다. 아버지의 죽음 후 이른 나이부터 가족을 부양하느라 매일 도돌이표처럼 반복되는 하루를 보내던 그는 어떤 계기로 〈라이프〉 마지막 호 표지를 장식할 필름을 찾아 모험을 떠나게 된다. 늘 사진으로만 목격해

온 바로 그 세계 속으로.

물론 여기서부터 관객의 모험도 함께 시작된다. 좌석 등받이에서 몸을 떼고, 먼 수평선을 바라보듯 눈을 빛내며, 발바닥에는 힘을 꽉 주게 되는 것이다. 월터의 곁에서 파도가 일으킨 포말을 온몸으로 맞고, 끝 간 데 없이 펼쳐진 평원을 심장이 뻐근해지도록 달리다가 문득 생각한다. 아, 그래, 여기가 전부가 아니지, 세상 어딘가에 저토록 아름다운 풍경이 있지……. 그런 자각은 좀 더 깨어있고 싶다는, 한 번쯤은 사는 것처럼 살아보고 싶다는 열망으로 관객을 이끈다.


나도 떠나기 전 월터의 마음을 안다. 20대를 지나는 동안 나를 흔든 건 늘 이런 문장들이었으니까.


우리가 우리 안에 있는 것들 가운데 아주 작은 부분만을 경험할 수 있다면, 나머지는 어떻게 되는 걸까?

—파스칼 메르시어, 《리스본행 야간열차》 중에서

내 속에서 솟아 나오려는 것,

바로 그것을 나는 살아 보려고 했다.

그러기가 왜 그토록 어려웠을까?

— 헤르만 헤세,《데미안》중에서


돌아보면 그때 나는 두려웠던 것 같다. 내가 나를 다 모른 채로 나의 일부만 경험하고 살게 될까 봐, 더 멀리 더 깊이 더 치열하게 살아볼 수도 있는데 망설이다가 이 삶을 덜 산 채로 남겨두게 될까 봐. 내가 원하는 것이 정확히 무엇인지도 모르면서 늘 '미진하게' 살고 있다는 느낌에 시달렸다. 그래서 자꾸 낯선 곳으로 떠나려 했는지도 모르겠다. 다른 곳에서라면 다른 내가 될 수 있는지 궁금해서, 내가 어디까지 살아볼 수 있는 사람인지 시험해보고 싶어서. 월터처럼 사진으로만 보던 세계를 실제로 대면해야 했다. 뜨거워하고 차가워하며 긁히고 부딪치며 삶을 생생하게 느껴보고 싶었다.


그 시간을 다 지나온 지금은, 더 이상 현실을 잊게 해

줄 백일몽이 필요해 이 앨범을 듣는 게 아니다. 여기를 버리고 갈 수 있는 '거기'란 건 없다는 걸 안다. 지금 내가 '원하는 바로 그곳'에 있지 않아 불행하다고 느끼지도 않는다. 물론 지금도 낯선 곳을 생각하면 가슴이 뛴다. 모험을 통해 만나는 몰랐던 나는 여전히 흥미롭다. 나한테 이런 면도 있구나, 발견하는 순간마다 새로운 답을 찾아 동그라미를 치는 기분이 든다.

다만 동시에 내가 일군 지금의 안정 또한 권태로 느끼지 않는다. 모르는 곳으로 떠나는 여행만큼 아는 곳을 반복해 걷는 산책이 좋아졌다. 중요한 건 장소가 아니라 그 장소에 내가 어떤 방식으로 속해있을 것인가 하는 일이니까. '정착'은 한 자리에 고여있는 따분한 일이 아니라 나의 자리라고 느껴지는 곳에 잘 머무는 일이란 걸 안다. 떠나는 행위가 도망이 되지 않을 때만이 눈앞의 풍경을 온전히 껴안을 수 있다는 것도.


얼마 전 친구에게 어른이 된 후로 무얼 잊고 사는 것 같으냐고 물은 적 있다. 친구는 소설을 읽다 밑줄 쳐둔 문장과 함께 이런 답을 보내왔다. 내가 뭐가 될 수 있을까 하는 상상을 더 이상 하지 않는 것 같다고. 나 자신에 대한 상상력을 점점 잃어간다고. 그 얘기에 고개 끄덕거리다가 그제야 이 앨범이 내게 늘 여행 가방처럼 느껴진 이유를 알 것 같았다. 하루를 닫으며 집으로 돌아올 때, 마음이 한 뼘 정도 들뜨거나, 사는 일이 내 맘 같지 않아 울적해질 때, 이 노래를 들으며 내가 상기하는 것은 어떤 '가능성'이다.

이 버스가 도착하는 곳이 이국의 땅이길 바라는 불가능한 열망이 아니라, 마음만 먹으면 언제든 그곳에 갈 수 있다는 가능성을 손끝으로 만져보는 일. 내가 이디서든 어떤 모양으로든 살아볼 수 있는 용기와 가능성을 지닌 존재라는 걸 잊지 않는 일.

기보지 못한 땅은 더 이상 나를 불행하게 하지 않는다. 이제 나는 그곳에 있지 못해 우울한 내가 아니라, 언제든 그곳에 갈 수 있는 나와 살고 있다고 느끼니까. 그럴 때 '스텝 아웃'을 부른 호세 곤잘레스와 '더티 퍼즈Dirty Paws'를 부른 아이슬란드 밴드 오브 몬스터즈 앤드 맨이 차례로 귓가에 속삭인다.

너는 무엇이든 될 수 있어. 어디든 갈 수 있어. 자유를 손에 쥔 채 자신의 가능성을 잊지 않는 사람만이 진짜 자기 인생을 살 수 있는 법이라고.

내가 매 순간 여기에 도착하고 있다는 사실.

내가 매 순간 여기에서 출발하고 있다는 사실.

그것을 잊지 않게 해주어서 나는 이 노래들이 좋다. 보이지 않는 여행 가방을 든 내가 지금 먼 데로 떠나는 동시에 내 자리로 돌아오고 있다는 걸, 버스 안에서 오직 나만 안다.

김금희 지음, 《복자에게》, 문학동네, 2020년 9월 9일, p.47

장혜령 지음, 《사랑의 잔상들》, 문학동네, 2018년 12월 12일, p.145

김연수 지음, 《소설가의 일》, 문학동네, 2014년 11월 5일, p.122

이다혜 외 지음, 《쓰고 싶다 쓰고 싶지 않다》, 유선사, 2022년 4월 25일, p.78/p.92

도대체 지음, 《태수는 도련님》, 동그람이, 2020년 6월 1일, pp.182-184

헨리 데이비드 소로 지음, 김욱동 옮김, 《소로의 속삭임》, 사이언스북스, 2008년 3월 7일, p.192

파스칼 메르시어 지음, 전은경 옮김, 《리스본행 야간열차》, 비채, 2022년 12월 20일, p.31

헤르만 헤세 지음, 전영애 옮김, 《데미안》, 민음사, 2000년 12월 20일, p.9

# 시간이 있었으면 좋겠다

ⓒ 김신지, 2023

**초판 1쇄 인쇄** 2023년 11월  1일
**초판 1쇄 발행** 2023년 11월 10일

**지은이** 김신지
**펴낸이** 김효선

**펴낸곳** 잠비
**등록번호** 제2022－000044호
**주 소** 서울시 광진구 긴고랑로46가길 12 201호
**전화번호** 070-8286-9852
**이메일** jambi.book@gmail.com
**인스타그램** @jambi_book

ISBN 979-11-980684-6-0 (04810)